여자 없는 놈의
있는 잡념

어이없는 놈의 어이있는 일기장

다 읽고 난 뒤에야 등장한 추천사

- 동네 주민 **설동원** 씨

왜곡과 모순이 가득한 이 세상에서, 이 또한 기록해보겠다던 그의 발자취는 어느덧 한 편의 책으로 발간되었다. 단순한 일기의 엮음이 어찌 책이 될 수 있겠냐 말하는 이도 있겠지만, 이순신 장군의 난중일기도 한 편의 책이 아니겠는가. 심지어 난중일기가 보관되고 있는 곳 또한 그가 태어난 아산시이기에 이건 그의 일기가 책이 될 수밖에 없었음을 시사한다.

그의 글은 이렇게 지면에 옮겨지기 전부터 각종 플랫폼 등을 통해서 연재되었다. 처음에는 그가 어떤 헛소리를 써내는지 읽어나 보자는 마음에 구독하기 시작했고, 어느덧 무료한 밤에는 그의 글을 기다리는 지경까지 왔다. 글 속의 시선은 바깥을 향했지만, 내면을 담고 있었고, 필체는 유려했으나 거짓은 없었다. 숱한 한자의 남용은 한자 7급 자격증밖에 가지지 못한 나에게 가끔 자격지심을 느끼게 했지만, 그의 솔직한 문체는 어느덧 측은지심까지 들게 할 정도로 공감을 자아냈다.

멋드러진 이성과 조잡한 감정이 합쳐진 그의 글은 자세히 살펴보면 우리네 인생과 맞닿아 있다. 무언가를 설명하거나 주장하기 위해 이성적으로 시작했으나, 어느덧 자신의 감정으로 끝이 나는 것이다. 우리네 인생도 같지 않은가. 어떤 것을 증명하기 위해, 목표를 위해 어떠한 일을 시작하지만, 대부분 그 끝은 우리의 감정과 맞닿아 있는 것이다. 그래서일까. 그의 애매모호한 감정의 서사는 괜한 미소를 띠게 만들며, 그도 우리와 같은 사람이라는 걸 또 한 번 깨닫게 만든다.

앞으로 그는 또 어떠한 생각을 하고 살게 될까 궁금하다. 또한 언젠가 이 글을 보고 부끄러워할 그가 부럽다. 그는 나아갈 테니까. 자주 넘어지는 만큼, 자주 일어설테니까.

끝으로, 부른 적도 없는 그가 돌아온 이면에는 사랑이라는 게 도사리고 있었으리라. 어디서 시작한지 모를, 어디서 끝나는지 모를 사랑이 그를 집어삼키기를 바란다. 언젠가 그에게 좋은 배필이 생긴다면, 이 글들이 그가 그녀에게 다가가는데 일조하지 않았나 생각하며 이만 이 글의 추천사를 마친다.

왜곡과 모순의 기록,
어이없는 놈의 어이있는 잡념

일기장의 소재가 된 기존 일기들의 퀄리티가 너무 떨어져, 교정 시 너무 부끄럽더라.

본 일기장은 2021년 이후의 일기들로만 구성되어 있다. 수북이 먼지가 쌓인 노트북 속 폴더들을 들춰보면 꽤 오래전의 일기들도 묵혀있을 텐데, 그 전의 일기들은 자아가 지금보다 더 미성숙한 시절에 쓰였기에 책 형태로 묶을 생각도, 묶을 가치도 없는 미완의 글들이라 여겨져 굳이 들춰내진 않았다. 그래서 2021년 이후의 일기들은 완성된 글이냐고? 아니, 그러나 일기 속에서 나를 속이지 않았다는 점은 그 이전의 글들과 차이를 보인다. 부족함 투성인 일기를 묶고자 했던 것도 이 때문이다.

주제-문체-구성 그 어느 하나 제대로 된 것 없는 조잡한 일기장일 뿐인데. 이게 뭐라고 이름을 정하는 게 정말 쉽지 않았다. 교정, 조판 과정보다 오래 걸렸으니. 믿기지 않겠지만 '어이없는 놈의 어이있는 잡념'은 그 결과로 나온 제목이다. 텍스트 그대로 어이없기 그지없는 이 제목은 2021년 이후의 내 모습을, 내 생각을 잘 대변할 것만 같았다.

· '어이없는 놈' : 맷돌에서 도망 나온 어처구니처럼 콘크리트의 도시로부터 도망 나온 2021년, 귀촌하면서 주변으로부터 가장 많이 들었던 말이 바로 '어이없는 놈'이었다. 시도 때도 없이 SNS를 삭제하고 다시 만드는 것을 반복하면서 어딘가에 잠식하던 놈이 이번엔 귀촌이라니. 내가 '어이없는 놈'이라는 사실은 누군가에게 주어지는 것이기에 긍정도, 그리고 부정도 할 수 없다. 그러나 본인도 '나'라는 사람에게 가장 어울리는 표현을 고르라면 아마 '어이없는 놈'은 선택지에 있지 않았을까, 그런 생각을 해본다.

· '어이있는 잡념' : 확신에 차 있는 상태일 때 잡념은 생산적인 생각으로 이어지지 않는다. 도시에서는 갈 길이 정해져 있어야 하고, 그 방향 전환을 용납하지 않으며, 인생의 확신이 없으면 안 되는 상태를 요구한다. 그 시절 달고 살았던 잡념은 잡념 그 자체로 머물러 마치 기계에 붙어있는 냉매 소음과도 같았다. 지금은 아니다. 확신이 없는 무(無)의 영역 속에서 살아가야 하는 서바이벌 상태. 그래서 지금 하는 이 생각, 잡념이 그 어느 때보다도 생산적이다. 잡념이 글이 되는 요즘이다. 확실한 건, 어이가 없는 놈이라 하여 잡념 또한 어이가 없어야 할 이유는 없다.

잡념이 생기는 무언가를 읽으면, 나의 글로 나아가고 싶다. 좋은 소재를 보면 내 것으로 만들고 싶고, 좋은 문장을 만나면 질투하는 마음에 아이폰 메모장을 더 더럽히고 싶다. 지금의 일기들이 흙먼지로 뒤덮여 초라하고 웃음이 나오는 상태일지라도, 언젠가 나의 비표준적인 삶과 만나 빛을 받는 날이 있으리라. 인생을 하나의 소설이라 한다면, 더 나은 작품을 위해서 그 인생이 사회가 요구하는 정방향과는 왜곡되고 모순돼야 한다면, 그 왜곡과 모순의 기록을 하나도 빠짐없이 일기로 기록하고 싶다. 그런 의미에서 이 일기장은 첫 3년간의 왜곡과 모순을 기록했기에 그 가치가 있다고 생각한다. 이번 일기장을 발판 삼아 앞으로의 왜곡과 모순 또한 기록하겠다.

소중한 1판 1쇄를 간직하려 해준 당신께 고마움을 표한다.

2024년 1월 17일 저녁
북규슈(北九州) 어느 카페에서

─일러두기

• 외국 인명·작품명은 국립국어원 외래어표기법을 따르도록 노력했다.

• 장편소설, 서명, 잡지, 앨범 등은 《 》로, 중·단편소설, 노래, 영화 등은
 〈 〉로 묶었다.

• 본 일기장은 존댓말과 반말, 그리고 문어체와 구어체가 혼재된 상태이나,
 그때의 감정을 유지하기 위해 굳이 하나의 문체로 통일시키지 않았다.

• 필요 이상의 줄바꿈을 하였는데, 이는 SNS의 가독성을 위해 잦은 줄바꿈을
 했던 흔적으로서, 줄바꿈에 민감한 독자에겐 미안하단 말을 먼저 전한다.

• 본 일기장의 표지는 소년챔프 만화책 감성을 살리고자 하였다.

차례

1부
낮에 끄적인 낙서

2021년 3월 이후, 바뀐 환경의 시선으로 사회를 바라보게 되었다.

1부는 낮에 쓰여진 탓에 이성의 끈을 놓지 않았다는 점에서 2부 글과의 차이가 있다. 이성이 있다고 하여 수려한 글이 담겨있다는 건 절대 아니다.

벼를 닮아

제가 있는 이곳 영덕은 푸른 벼가 더 푸르길 경쟁 중입니다. 미국 나이로 따지면 1살도 안 된 이 친구들은 30살 가까이 먹은 제가 지나가도 결코 고개를 숙이는 일이 없습니다. 가을 정돈되어야 고개를 숙이려나.

이 친구들은 수확할 시기가 아니면 일찍이 고개를 떨구지 않습니다. 주변을 둘러보면 취업을 이유로, 혹은 그보다 더 하찮은 이유로 고개를 떨구는 친구들이 보이는데, 우리도 이들을 닮아 수확할 시기도 아님에도 결코 고개를 떨굴 이유는 없는 거 같아요. 수확할 시기 정돈 되어야 고개를 숙였을 때 긍정적인 가치를 얻을 수 있다고 생각합니다.

푸를 땐, 실수를 하더라도, 혹은 원하는 걸 얻지 못하더라도 고개가 뻣뻣했으면 좋겠습니다. 벌써 본인에게 실망하여 고개 숙이지 맙시다.

(2021.06.27.)

전철중독자의 항변

　서울 - 아산 거리 정돈 대개 전철을 이용하곤 합니다. 금전적인 이유 때문 아니냐, 라는 질문도 자주 받긴 하는데, 3~4천 원 따위에 저의 값진 시간을 내어줄 정도로 바보는 아닙니다. 사실 그런 이유가 조금은 있습니다. 그렇다면 나는 굳이 왜 불편하고, 더 오래 걸리는 전철을 타고 내려올까? 그이유에 관해 잠시 설명을 해드리자면,

　첫째, 저의 집 응암역에서 굳이 서울역이나 터미널을 가지 않고 바로 집으로 향할 수 있는 나름의 '편리함' 때문입니다. 서울역, 터미널 가는 데만 1시간이 걸리니 그럴 바엔 '전철을 타고 내려가겠다.' 이거지요.

　둘째, 지하철 내 적절한 백색소음이 독서 효율을 극단적으로 끌어 올려주기 때문입니다. 버스와는 다르게 지하철 내 독서는 멀미는커녕 정면으로 보이는 '흐르는 풍경'이 독서 효율을 높여주더군요. 이러한 매력에 이끌려 굳이 지하철을 타고 내

려웁니다.

 셋째, 좀 더 문명다움을 느낍니다. 전국에 퍼져있는 기차선로와는 다르게, 수도권 및 일부 대도시에만 국한된 전철은 문명 속에 살고 있다는 느낌을 좀 더 주곤 합니다. 그러나, 경북 시골에서 일을 하는 저로선 이제는 세 번째 이유를 조금 접어놔도 될 것 같습니다.

 어찌 됐든, 전철의 선택, 나름 괜찮습니다.

(2021.09.06.)

삼가 고인의 명복을 빕니다

 급한 일정을 뒤로한 채 시대의 끝을 느끼러 당신의 생가에 왔습니다. 중학생 땐가요. 아버지가 시청하시는 '제5공화국' 드라마를 옆에서 보고 충격을 받아 입이 다물어지지 않던 기억이 납니다. 저 일들이 불과 20~30년 전 일이라는 사실을 알지 못했으니 그럴 만도 했습니다. 다른 의미로 흥미를 느꼈던 '제5공화국'은 제 인생 드라마로 뽑습니다. 또한 그때 느꼈던 깊은 인상이, 저의 전공 선택에 큰 영향을 미쳤다는 사실은 부정할 수가 없습니다. 당신이 제 전공을 바꿨다고도 볼 수 있겠죠.

 늘 망인(亡人)에게 따라오는 문장이 있습니다. '그래도 간 사람에게는 예의를 지켜라.' 저는 간 사람에게 예의를 지키러 이곳에 왔습니다. 당신으로 인해 간 사람에게 예의를 지키러 왔습니다. 당신으로 인해 간 사람 때문에 아직도 고통받는 사람을 위해 이곳에 왔습니다.
 노태우 씨, 다행히도 당신은 그들보단 조금 편하게 가신 것 같네요. 어찌 됐든 삼가 고인의 명복을 빕니다.

(2021.10.27.)

청개구리의 옳은 정의

  매년 돌아오는 수능 날이면 시간의 무상함을 느낍니다. 학창 시절을 돌아보는 계기가 되기도 하고요. 학창 시절 저는 청개구리라는 소리를 정말 많이 들었었던 것 같아요. 물론 30대 언저리에 닿은 지금도 예외가 아닙니다만.

  기성세대들은 흔히 주류를 멀리하고, 중심에서 멀어진 행동을 하는 자들에게 '청개구리'라고 부릅니다. 청개구리라고 불리는 것을 몸서리치며 싫어하는 자들도 있지만, 저는 그다지 싫어하진 않았습니다. '청개구리'가 '엉뚱한 일을 저지르는 자'를 뜻하는 거라면, 실제로 그게 맞았으니깐요. 저는 마음대로 살 수 있는 청개구리라 행복합니다. 남들보다 더 푸른 청(靑)개구리라 행복합니다. 앞으로도 엉뚱한 짓을 많이 한다면 언젠가 푸름의 정점에 올라갈 수 있겠죠?

  수능시험을 응시한 여러분, 앞으로 펼쳐질 당신의 푸름을 응원합니다. 만약 당신이 이미 푸르다면, 그보다 더 푸름을 응원합니다.

(2021.11.18.)

쓰임에 관하여

고향 가는 길, 탕정이란 지역을 지나칩니다. 포도가 유명한 이곳은 포도밭이 펼쳐졌던 곳으로 기억되는 데, 지금은 아파트들이 빽빽하게 들어서 있습니다.

포도밭 이야기가 나왔으니 하는 얘긴데, 저는 개인적으로 포도라는 과일을 좋아하진 않습니다. 하나하나 껍질을 빼먹는 일이 여간 귀찮은 일이 아니더라고요. 심지어 자취할 땐 집에서 가져온 포도를 썩힌 적도 더러 있었습니다. 주인을 잘못 만나 잘못 쓰인 썩은 포도에 지금이라도 사과의 말을 전하고 싶습니다. 만약 이 포도들이 저를 만나지 않고 다른 사람을 만났다면, 멋진 와인으로 가공될 수도 있었을 텐데 말이죠. 우리는 흔히 일정한 나이가 되면 직장을 얻습니다. 취업의 주된 이유는 노동이라는 귀한 상품으로 삶에 필요한 재화를 교환하기 위함이고요. 만약 우리의 귀하디귀한 노동력이 사용자로부터 잘못 '쓰임'을 당하고 있다면, 이직을 결심하는 것이 옳은 선택일 것입니다. 한 번뿐인 인생에서 비효율적인 나를 만날 순 없잖아요. 분명히 내 노동력의 가치를 더 잘 발휘할 수 있는 곳이 있을 텐데. 제가 이곳 생활에 만족하고 있는 이유는 아마 '쓰임'을 잘 당하고 있어서라 생각합니다. '잘 쓰임'이 자기효능감을 높여준다는 사실은 여러 해외 연구소에서도 충분히 입증된 부분..은 아닌 거 같지만. 하여튼, 그렇습니다.

'쓰임'의 문제는 단순히 직장 관계에서만 국한된 내용은 아닐 것입니다. 누구나 가족 관계, 친구 관계와 같은 일상생활에서도 잘 쓰이길 원하고 있습니다. 조금 수동적인 태도로 보일 순 있어도, 사실 서로가 서로를 활용하는 게 사회의 당연한 모습이니까요. 나의 쓰임새를 알아봐 주는 사람들만 쉽게 만날 수 있다면 얼마나 좋을까요. 역시나 쉽지 않네요. 그래도 한가지 다행인 점은 제가 '스스로 움직이지 못하는 포도'가 아니라는 사실입니다. 결국, 내 위치에서 최선을 다하며 썩지 않기 위해 발버둥 친다면, 나를 맛있는 와인으로 만들어 줄 사람은 언젠가 나타나지 않을까요.

누가 그러더군요. 조물주는 쓰임새 없는 생물을 만들지 않는다고.

(2021.11.30.)

마지막을 마주하는 법
: 20대를 마무리하며

면도 주기가 점점 짧아져 감에 예전과 다름을 실감합니다. 잦은 면도에 상처가 많이 나더군요. 영구 제모가 필요한 시기에 도래했나 봅니다.

여기 잘 만들어진 삶 위에 필름 뭉치 하나가 펼쳐져 있습니다. '나이'라는 카테고리로 분류되어 있는데, 우린 길게 펼쳐진 수많은 장면 중 유독 '마지막' 장면에 많은 의미를 부여하고 살아갑니다. 마지막 또한 필름의 여러 장면 중 하나에 불과할 뿐인데 말이죠. 외람된 이야기지만, 저는 '빠른' 생일이기에 남들보다 대학을 1년 일찍 입학할 수 있었습니다. 덕분에 10대의 마지막을 대학 캠퍼스에서 마주할 수 있었죠. 19세, 인생에서 고작 두 번째로 마주하는 아홉수여서 그런지, 생각보다 별거 없더라고요. 그 덕에 '마지막은 세 글자 단어 그 이상도, 이 이하도 아니다'란 생각에 빠져 살아갔습니다. 부담스러운 마지막에 앞서 유난 떨기보단 일부러 회피하는 성향을 보이기 시작한 것도 그 무렵이었던 것 같아요. 정 없는 사람으로 치부돼 많이 욕도 먹었습니다. 뭐, 실제로 마지막 그 상황만큼은 정을 개입시키지 않았기에 틀린 말은 아니라 생각하지만요.

최근, 여러 이유로 인해 잦은 마지막을 마주하면서 마지막이 단순히 '끝'이라는 의미만 지니진 않는단 사실을 깨달았습니다. '마지막을 기념하는 것이 시작의 전(前) 단계로서, 지금까지의 과정을 증명받고 싶어 하는 의식이라면 충분히 기념할 가치가 있지 않을까'

올 연말에도 마지막을 마주할 일들이 많네요. 이번에는 굳이 회피하지 않고, 있는 그대로 그들의 과정이 매우 훌륭했다고 말해 주려 합니다. 저의 20대에게도!

(2021.12.20.)

메리와 크리스마스

2016년 겨울, 역사 기행 목적으로 방문한 나가사키에서 미쓰비시 중공업의 거대한 크레인을 보고 넋을 놓고 있었던 기억이 납니다. 고종이 승하했을 무렵에 만들어진 거라고 하니, 100년이 넘은 듯하네요. 나가사키에서의 기억을 이렇게 생생하게 기억하고 이유는 단순히 오래되고 거대한 규모의 크레인 때문만이 아닙니다. 짬뽕 정도로만 연관 짓던 나가사키가 수많은 조선인의 아픔이 잠들어있는 군함도 근처였기 때문이죠.

방금 일본의 강제노역 실태를 알리는 전시회에 다녀오는 길입니다. 대학생들이 전시회를 기획했다고 하는데, 그렇게 대견할 수가 없었습니다. 사실 어떠한 사건의 증인이 되어준다는 건 보통 책임이 따르는 일이 아닙니다. 그런데도 이런 전시회를 기획하고 역사의 증인이 되어주려 하는 대학생들의 모습은 정말 아름다웠습니다. 아픈 역사 앞에서 '아름답다'라는 표현은 꽤 모순적이지만요. 끓어오르기만 했을 뿐 행동으로 옮기지 못했던 저의 대학생 시절과 비교돼 부끄럽기까지 하더군요.

외교, 정치 상황을 핑계로 강제노역 문제를 반세기 동안 끌어온 상황도 가슴이 아프지만, '원고부적격'을 이유로 강제징용에 관한 소송조차 나아가지 못하는 최근 상황은 '국가'와 '개인'의 관계를 다시 한번 생각해 볼 기회였습니다. '개인'의 메리 크리스마스를 '국가'가 대신 쥐고 있는 모습이 그리 아름다워 보이지 않아요.

전시회를 통해 강제징용 아픔의 기억을 이어 나가려고 한 대학생에게 90도로 인사하고 전시회 밖으로 나왔습니다. 제가 좀 더 유연해서 90도 이상으로 굽힐 수 있었으면 더 굽혔을 겁니다.

모두가 크리스마스 앞에 '메리'를 붙일 수 있는 그날이 오길 간절히 기도해 봅니다.

(2021.12.25.)

성공을 위한 선택

"야 그 선택은 너의 성공적인 인생에 아무런 도움이 되지 않아!"

정말 많이 쓰는 문장이고, 동시에 나 또한 많이 듣는 말이다. 문득 이 말의 논리성에 대해 의심을 품게 되었다. 이 문장의 논리가 성립하는지의 여부를 판단해 보자. 논리 성립 여부 판단을 위해 두 가지 명제를 전제해 본다.

〈전제〉

가. 인간의 삶은 수많은 선택의 연속이다.

나. 성공으로 향하는 선택을 '정(正)'의 선택, 성공에서 멀어지는 선택을 '반(反)'의 선택이라고 한다.

〈풀이〉

1. 로또 1등 당첨은 자본주의 사회에서 성공한 행위로 평가받는다. 너무 부럽다. 아아 잠시 이상한 생각을.. 본론으로 돌아와, 전제에 따르면 로또 1등 당첨은 일련의 '정'의 선택이 이어진 결과일 것이다. 예를 들면, 당첨이 많은 점포를 찾아가 로또를 구매했고(정) → 뭔가 느낌 있어 보이는 싸인펜을 골랐고(정) → 짝수보다 홀수가 나은 것 같아 홀수를 선택했고(정)……. 결국 '정'

의 선택만을 완벽하게 수행해 낸 그는 로또 1층에 당첨이 된다.

2. 하지만 로또 당첨금을 받으러 가는 길에 지하철 대신 택시를 이용했는데, 그 택시가 크게 사고 난다든지(반), 로또 용지를 잃어버린다든지(반), 국가가 공산화되어 복권 제도가 사라진다든지(반) 등 언제든 자의, 혹은 타의에 의한 '반'을 선택할 수도 있는 가능성이 열려있다. 이처럼 성공을 위한 연속된 '정' 선택은 한 번의 '반' 선택으로 무너져버릴 수 있다. 단 한 번의 '반' 선택으로도 말이다. 아주 잔인하게도.

3. 우리는 '반' 선택을 유도당하는 매우 불확실한 환경에 노출되어 있다. 이처럼 '반' 선택의 가능성은 열려 있는 상황에서 어쩌면 성공을 위한 끊임없는 '정, 정, 정, 정...'과 같은 선택은 애초에 불가능할지도 모른다.

〈결론〉

⇒ 결론은 성공을 위한 선택이란 건 없는 단어일 수도 있다.

결과적으로 내가 하고 싶은 말은, 어차피 성공이 이렇게 힘든 거라면, 그냥 너의 방식대로 살아버리고, 미래에 어떤 결과를 얻더라도, 그 결과에 대한 모든 선택이 '정'의 선택이었다고 믿었으면 좋겠다. 너의 방식만이 '반' 선택을 막을 수 있는 '정'의 선택이 아닐까.

(2022.02.15.)

만인의 봄

봄의 음악들이 유독 와닿는다면 그건 봄이 오고 있다는 증거일 겁니다. 요즘처럼 말이죠.

안타깝게도 우크라이나는 같은 북반구임에도 봄은 아직 멀었나 봅니다. 언제 무엇을 해도 이상하지 않은 국가가 바로 옆에 떡하니 붙어있는 건 우리나라와 별반 다를 바 없어서 그런지, 유독 이번 사태에 귀가 쫑긋 세워집니다. 국가 간 역사적 스토리가 어떻든, 우크라이나의 지정학적 위치가 얼마나 중요하든 다 떠나서, '전쟁'은 결코 안 될 일입니다. 러시아는 자국민의 보호와 같은 침략의 정당성을 언급하며 전 세계적으로 이 침략의 공감을 호소하고 있지만, 전쟁은 정당성의 논리를 갖다 댈 영역이 아닙니다. 우크라이나도 '싸움에 맞서 싸우는 일 또한 싸움'이란 사실을 깨닫고 더 큰 전쟁을 막는 방안을 강구해야 할 겁니다. 국제 사회 또한 반전(反戰)을 위해 다방면으로 노력해야겠죠.

다시 한 번 말하지만, 전쟁은 일어나지 않아야 하는 것입니다.

(2022.03.03.)

여행의 이유

직장생활을 한 지 어느덧 3년이란 시간이 지났습니다. 취업 당시 또래보다 조금 늦게 사회생활을 시작하는 건 아닌지 조급한 마음도 가졌었지만, 지나고 보니 굳이 조급한 마음을 가지지 않았어도 될 것 같더라고요. 의미 없는 걱정이었달까.

어젠 취업 3주년을 맞아, 혼자 가방 하나 가지고 여행을 다녀왔습니다. 직장생활을 하면서 나를 묶는 것들이 많아 쉽게 떠나지 못하지만, 대학 시절만 해도 '또 어디 가느냐'는 걱정 섞인 주위의 말 듣기를 변태처럼 즐겼던 것 같습니다.

어제의 여행은 대중교통에 오르는 그 순간부터 유독 무채색이었던 만물의 모든 것이 푸르른 색을 가진 것들로 보였습니다. 그 모습에 신기해서 그런지 평소 찍지도 않는 셀카를 찍어보기도 하고, 꺼내지 않던 고민도 여행지에서 처음 마주한 사람에게 털어놓기도 하고. 그 결과 채색이 덜했던 나의 모습이 조금은 채색이 짙어진 듯합니다.

아마 여행의 이유는 모두가 다를 거로 생각합니다. 저처럼

'푸르름을 찾기 위한 여행'도 꽤 매력적인 여행의 이유가 될 수 있겠고요. 더 더워지기 전에 짧게나마 여행을 더 다녀오려 합니다. 4월이고 하니 장소는 무채색을 유지하고 있는 전라남도 진도군이 좋겠네요.

(2022.04.10.)

선거주간

　누군지도 모르는 전국 각지 후보들의 따스한 문자로 하루를 마주하는 요즘입니다. 이렇게나마 관심가져주는 걸 고맙게 여겨야 할까요. 번호가 팔린 건 어쩔 수 없으니, 이왕 문자 보낸 후보들이 당선돼서 좋은 정책이나 펼쳤으면 좋겠습니다. 제발.

　저번 주말, 고등학교 지인들과 여행을 다녀왔습니다. 자신을 스스로 가볍게 여기던 시절, 내 기존 것들에게서 벗어나고자 일시적으로 이들과 연락을 끊으려 시도했던 적이 있었습니다. 손수 경북 의성까지 쳐들어와 준 덕분에 그러길 실패했었지만요. 말은 이렇게 해도, 늘 저의 '빨간 펜'이 되어주는 이 무리 덕분에 (큰) 일탈하지 아니하고 건강한 30대를 맞이할 수 있었던 것 같습니다. 심지어 이번 여행에선 결혼한다고 청첩장까지 주는 친구까지 있었어요. 근 14년을 같이 울고 웃고 싸우던 사람이 결혼한다니. 믿어지지 않아요. 청첩장을 보며 기뻐하는 나 자신을 보니, 당분간 이들과는 벗어날 수 없을 것 같다는 느낌이 듭니다.

다시 첫 문단에서 언급했던 '정치' 주제로 돌아와 볼게요. '고등학교 친구들'이란 존재처럼 살다 보면 본인과 떼놓을 수 없는 필수 불가결한 것들이 있어요. 정치도 이와 비슷하겠죠. 매스컴을 통해 정말 많은 찌꺼기 같은 것들에 의해 정치의 본질이 흔들리고 있는 모습을 많이 보곤 하지만, 그럼에도 정치가 나를 위해 존재하기 위해선 '나의 한 표'가 정치의 빨간 펜이 되어줘야 한다는 사실을 늘 잊지 않기 위해 노력하고 있습니다. 그렇기 때문에 이번에도 속는 셈 치고 시간을 내 소중한 한 표를 행사하려 합니다.

다 거기서 거기지만…. 더군다나 이 지역에선 내가 찍은 사람이 당선될 리가 없지만…. 혹시 알아요?

(2022.05.31.)

냉정한 녀석, 노을

사무실이 자리한 의성군 안계면은 노을이 상당히 예쁜 거로 유명합니다. 같이 일하는 몇몇 친구들은 일부러 일몰 시각에 맞춰 한참 동안 노을을 구경하고 들어오기도 하니까요. 저는 그들처럼 노을에 큰 의미를 부여한다거나 그러진 않지만, 가끔 진한 사색이 필요할 땐 일몰을 바라보다 들어옵니다.

결론이 나지 않는 진한 사색은 그 시간 또한 길어집니다. 근데 노을이란 자연현상은 사색의 길어짐을 기다려주지 않아요. 조금 더 노을을 볼 수 있는 시간이 길었으면 좋으련만. 근데 오히려 그렇기 때문에 결론을 스스로 내버리곤 합니다. 생각해 보면 사색하던 주제는 애초에 그 정도의 긴 사색을 요구하지 않는 주제였던 걸 수도 있던 거겠죠. 미련이 남아 질질 끌고 있었다는 표현이 어울리기도 합니다.

살면서 정말 고민해야 할 것들이 많이 생길 겁니다. 제시간에 고민을 쳐내지 못하면 그만큼 쌓이고 쌓여가겠죠. 그리고 번아웃이 찾아오겠죠. 그런 상황에서 일몰의 노을은 적절한 선택지가 될 수 있습니다. 흐려서 노을을 볼 수 없는 날엔 어떡하냐고? 그..그거까진 생각 안 해봤는데..

(2022.06.01.)

방구석 전문가가
가스라이팅을 진단하다

'당신은 가스라이팅을 당한 적이 있나요?' 버스를 기다리고 있는 저에게 문득 물었습니다. 생각해 보니 당한 적은 없는 것 같고, 오히려 잘되지 않아 곤욕을 치른 적은 있는 것 같더라고요.

영덕에 처음 와서 직장동료들과 함께 살 때의 일이었습니다. 라면을 끓여 먹기 위해 계란 물까지 풀어 놓은 상태였죠. 그런데 가스 밸브를 열었음에도 가스 점화가 잘 일어나지 않았습니다. 결국 라면을 끓여 먹지 못하고 말았지요. 아까운 계란, 결국 버렸습니다. 가스라이팅이 안 됐던 경험, 저의 경험은 여기까지인 것 같습니다.

요즘 주위를 둘러보면 생각보다 쉽게 가스라이팅이 벌어지고 있습니다. 가스라이팅은 대개 정서적이나, 물리적으로 고립된 환경에서 쉽게 만날 수 있죠. 그렇다면 누군가가 되묻습니다. '내가 의지하는 사람의 의견에 지속해서 동조한다는 게 그렇게 위험한 일인가요?' 이 질문에 관해선 '그렇다'라고 쉽게 단정 지을 수 있을 것 같습니다. 먼저, 가스라이팅을 당하고 있다는 사실은, 사실 약해진 본인의 상태를 끌어 올릴 수 있는 어떠한 동력을 지니고 있지 못한 상태라고 볼 수 있을 것 같아요. 다시 말해 적절한 치료가 필요하단 말이죠. 신체든, 혹은 정신적이든. 또한, 고립에 의한 가스라이팅은 또 다른 고립을 자아낼 수 있어 위험합니다. 가스라이팅의 지속은 사고의 고립을 만나는 지름길로서, 지금까지 쌓아놓은 모든 환경을 순식간에 무너뜨려 버릴 수 있습니다. 언제 무너졌는지 모를 만큼 빨리. 고립된 환경에서 장(場) 이탈은 가스라이팅을 벗어나는 가장 확실한 방법이지만, 그럴 용기가 없다면, 더 깊은 고립은 필연입니다. 마지막으로, 나를 점차 잃어갑니다. 언론에서도 이 점을 가스라이팅의 가장 위험한 이유로 꼽고 있고요. 너의 의견이 내가 되고, 결국 내가 너란 존재가 되어버리는 순간, 단세포생물이 아님에도 자웅동체가 될 수 있는 신기한 경험을 마주할 수 있습니다.

가스라이팅을 하는 자, 가스라이팅을 당하는 자 그리고 가스라이팅 환경을 마련해준 자. 모두 책임이 있지만, 그 환경을 벗어날 수 있는 유일한 주체는 오직 '가스라이팅을 당하는 자'임을 절대 잊지 말아야 할 것 같아요. 다 떠나서 본인이 가스라이팅을 당하고 있는지 판단하는 게 제일 시급하겠죠. 예전과 다르게 불만과 화가 많아지고, 모든 것이 부정적으로 보여 예민해졌다면, 혹시 본인이 누군가에게 가스라이팅을 당하고 있는 게 아닌지 체크해 보라고 방구석 전문가는 권하겠습니다.

(2022.07.02.)

보조와 대가리

 농구에는 픽앤롤(pick and roll), 픽앤팝(pick and pop)이라는 전술이 있습니다. 이 전술을 간단하게 말하자면, 센터의 스크린 플레이로 가드를 자유롭게 만들어 준 후, 가드로부터 패스받은 센터가 득점을 올리는 플레이(?)라고 설명할 수 있겠네요. 아마 농구를 자주 접하시는 분들은 모두가 잘 알만한 보편적인 전술이에요. 프로 경기 중 이 기술을 볼 때마다 가장 흥미롭다고 느낀 부분은 득점을 올리는 센터보다, 패스를 건네주는 가드에 주목이 간다는 점입니다. 뭐 예전에 은퇴한 존 스탁턴이라든지, 국제대회만 나가면 기가 막힌 픽앤롤 플레이를 펼치는 박찬희 선수라든지. 특정 선수 여하를 떠나서, 우리 사회에서 '보조'해 주는 자가 주목받는 것이 얼마나 힘든지 알기에 이 전술에 더 관심이 갑니다.

 최근 뮤지컬에서 일어나고 있는 한 배우의 행동에 설움을 토해내는 스태프의 울분도 아마 '보조'의 서러움에서 나왔겠다고 생각합니다. 사실 여부는 잘 모르겠지만요.
 학창 시절, 막연히 보조의 삶은 불행할까 두려웠습니다.

그래서 대가리가 되고 싶었지만, 기업이라는 약육강식의 경쟁 사회 속에서 살아남을 자신은 또 없었기에, 저는 늘 1인 기업, 혹은 프리랜서를 꿈꿔왔었어요. 물론 아무런 기술이 없는 저에겐 매우 막연한 꿈이었지만요. 하늘을 날고 싶다거나, 구름을 타고 세상을 돌아다니고 싶다는 거의 뭐 그 정도의 꿈.

어쩌다 보니 하나의 보조 하위 수단이 되어 기업이란 집단에 속해 일하고 있습니다. 그러나, 생각보다 괜찮아요. 하나의 보조 시스템이 되어 더 나은 완전체가 만들어지는 것을 지켜보는 현재의 삶이 불행하긴커녕 나름 행복합니다. 한 집단의 가드로서 센터의 득점을 바라보는 것도, 그 덕에 팀이 승리하는 장면을 보는 것도 나름 짜릿하거든요.

요즘 저의 이런 감정을 가까운 지인에게 털어놓으니 이런 말을 하더군요. '어시스트 스탯 개(犬)찍은 다음에 어시스트 왕(王) 먹으면 그것도 나름 대가리 아님?', '요즘 인정받는 가드는 슛도 잘 쏴야 해 ㅂㅅ아'. 욕은 왜 붙이는지는 모르겠지만, 현재 자리에서 열심히 하라는 의미로 받아들였습니다.

(2022.07.11.)

모순,
그 창과 방패에 관하여

'오늘 먹고 죽는 거야!'

늘 술자리에서, 오히려 목소리를 높이고 도리어 술을 먹지 않기 위해 저런 말을 내뱉곤 합니다. 한때는 이 방법이 잘 먹히다가, 술자리를 함께한 사람들이 저의 스킬을 알아버려서 요즘은 잘 먹히지 않습니다. '말과 행동이 다른 수법', 이건 곧 제 필살기였는데, 참으로 안타까운 일입니다. 태양만큼은 말과 행동이 일치하는 놈처럼 보입니다. '오늘 더위 먹고 죽는 거야!'라며 외치며 초복인 오늘 엄청난 양의 햇빛을 내리 꽂고 있으니까요.

오늘은 '말과 행동이 다른' 이야기를 조금 해보려고 합니다. '말과 행동의 다름'을 한자 성어로 모순(矛盾)이라고 표현하곤 하는데요. 한자를 조금이라도 배우신 분들은 한자의 의미가 '창과 방패'라는 건 잘 아시고 있을 겁니다. 이 한자 성어를 배울 때 뭐 '예전 중국에서 창을 파는 상인과 방패를 파는 상인 어쩌고저쩌고~'와 같은 일화로 배우죠. 이 일화는 10년이 지나도 까먹질 않아요. 이래서 조기교육이 중요한가. 아 말이 샜네요. 하여튼.

최근 'PC주의자'라는 단어가 귀에 많이 들립니다. 정치적 올바름을 지향하는 사회운동을 펼치는 사람들을 의미하는 건데, 얼마 전 '싸이 흠뻑쇼'를 비판했던 한 연예인을 기성작가를 pc 주의자라고 칭하며 공개 저격했던 일화도 있었죠. 이 일화에 대해 굳이 가치판단은 하지 않겠습니다. 제가 학식이 부족한 탓에 뭐가 맞는지 분간이 잘되지 않거든요. 하지만 한 가지 확실한 건 모든 사람의 행동과 말엔 모순이 넘쳐난다는 것입니다. 그래서 말하기 이전에, 본인의 모순점부터 확인해야 하는 습관을 기를 필요가 있습니다. 물론 그게 쉽지 않다는 건 저도 잘 알고 있는 사실이고요.

모순을 돌아보지 않은 비판은, 비판을 넘어선 비난으로 흐를 수 있다는 학부 교수님의 말대로, 다양성이 존중받는, 존중받아야 할 시대에 우리는 스스로 모순점 확인에 좀 더 신경을 쓰고 노력해야 할 필요가 있다고 느낍니다. 비난으로 흘러가면 끝도 없잖아요. 결국, 누가 죽어야 끝나는 이 치킨게임을 '모순점을 확인하는 과정'만으로도 끝낼 수 있다면, 이 노력은 나름 해볼 만한 가치가 있다고 생각합니다. 그래서, 저부터 모순을 지우도록 하겠습니다. 매일 맥주 먹으면서도 멋있게 살겠다는 그 모순을 지우려, 멋지게 살기를 포기하려 합니다.

(2022.07.16.)

언어의 힘은 강합니다,
생각보다

여느 때와 다름없이 욕으로 하루를 마주하는 자신을 보면 현타가 옵니다. 떡진 머리마저도 반갑게 반겨준 상쾌한 아침 공기에 상당히 미안합니다. 의성어처럼 내뱉는 욕을 자주 쓰곤 하는데, 이처럼 '싼 티 나는 언어사용'에 관하여 말할 것 같으면, 늘 숙제처럼 달고 다니는 골치 아픈 녀석입니다. 혹여나 상황 맞지 않는 단어 선택으로 종종 주변을 곤란하게 만든다면.. 어후 생각만 해도 끔찍합니다. 놀랍게도 그런 저에게도 접근하지 않는 언어 영역이 존재합니다.

하나, 차별을 조장하는 언어
둘, 상대방에게 직접적인 상처를 안겨주는 언어
셋, 갑의 위치에서 권력을 드러내는 언어
특히 세 번째 영역의 경우, 저를 포함한 많은 사람이 스스로 갑임을 인지하지 못한 채 사용하는 경우가 많아, 더욱 주의를 기울이고 있는 부분입니다.
이쯤에서 갑이 뭘까, 갑을 관계는 또 무엇인가, 고민을 안 할 수가 없습니다. 갑을 관계는 그리 특별한 게 아니죠. 절대적인 힘의 우위 혹은 순간적인 감정의 우위를 가지고 있거나, 돈을 주고받는 관계이거나, 심지어 직급의 우위를 지니고 있을 때도 쉽게 갑을 관계가 형성됩니다. 저는 조물주의 존재 여부에 대해선 깊게 고민해 본 적이 없지만, 만약 조물주가 있었다면 자신이 만든 창조물에 갑을 관계를 부여했을까? 아닐 거란 생각이 드네요. 결국, 갑을은 효율적인 '통치'를 위해 인위적으로 형성됐다는 말인데, 주위를 둘러만 봐도 그렇게 보여요. 통치라… 분명 계급이 없는 사회인데, 저런 단어는 어디서 튀어나왔을까요. 상당히 모순적으로 들리는 단어네요. 어느새 필수 불가결한 단어가 되어버린 갑을 관계가 사회에서 어떻게 없을 수 있겠습니까. 그렇지만, 그 인위적으로 형성된 만큼 자연스럽지 않은 현상이니, 갑은 을의 위치에서, 을은 갑의 위치에서 서 있기를 지속해서 추구한다면 조금 더 아름다운 사회를 만들 수 있지 않을까… 그런 생각이 문득 듭니다.

관계에서 언어의 힘은 생각보다 강합니다. 그러므로 '신중한 단어 선택'을 통해 폭력성을 보이는 갑을 관계가 비폭력적인 관계로 변화될 수 있기를, 그 변화의 첫 시작이 '신중한 언어 선택'이 될 수 있기를 고대합니다.

나부터 돌아보는 게 우선이겠죠? 알겠어요.

(2022.10.09.)

새콤달콤론

 저의 장점이라고 한다면, 금니가 많아 시장 가치가 조금 높다는 점입니다. 제가 금니를 심게 된 배경엔 조금 슬픈 내용이 담겨 있습니다. 어린 시절, 물렁물렁한 이미지에 얕봤던 '새콤달콤'에 당하여, 기존 이빨에 심어놓은 아말감이 다 빠져 버렸더라고요. 아직도 퇴근 후 치과에 들러 금이빨 값에 관한 카드값을 결제하던 아버지의 모습, 그리고 그 카드리더기의 소리를 잊지 못하고 있습니다. 그리고, 보기와는 다르게 매우 강했던 새콤달콤의 그 반전 매력 또한 잊지 못하고 있어요.

 며칠 전 지인으로부터 전화 한 통을 받았습니다. 해당 내용의 골자는 본인을 만만하게 보는 사람이 너무 밉다는 것이었어요. 만약 다른 주제였다면 청산 유수한 알맹이 없는 소리로 상대방 기분을 회유시켜 줬겠지만, 본 내용은 마치 나의 모습과 닮아있어 가볍게 넘기지 못했습니다. 주변을 둘러보면 순한 사람들을 막 대하는 부류의 종자들이 간혹 보입니다. 강약약강이라고 순화해서 표현하기도 하는데, 저는 그냥 쓰레기라고 부르고 싶어요. 가끔, 나도 저런 쓰레기 짓을 한 적이 있지 않을까, 반성하면서도, 한편으로는 과거에 그리고 현재에 나를 그렇게 대하는 사람들의 얼굴이 주마등처럼 스쳐 지나갑니다. 무른 것을 쉽게 아는 사람의 특징은, 본인의 날이 날카롭다고 착각한다는 겁니다. 그런 놈들은 단단한 것도, 저 같은 무른 것도 절대 못 베는 녹슨 칼에 불과하면서 말이죠. 심지어 냄새도 나. 녹이 슨 냄새. 전화 말미에 속상함이 조금은 풀린듯하여 '새콤달콤론'을 들어 결코 무른 것은 약한 것이 아니라고 대답해 줬습니다. 그리고 막 대했던 상대방은 분명 어딘가 녹이 잔뜩 슬어있을 거란 이야기도 덧붙여줬습니다. 그런 놈은 금이 되기 위해 엄청난 대가를 치를 거라고, 어쩌면 평생 금이 될 수 없을지도 모르겠다고,

 혹여나 지인 중에 새콤달콤류가 있다면 보듬어줘야겠습니다. 새콤달콤, 맛있잖아요. 매력 있잖아요. 딸기 맛도 있고 포도 맛도 있고. 복숭아 맛도 있나? 하여튼, 열 받으면 더 물렁물렁해지긴 하지만, 알고 보면 강한 아말감 따위를 뽑아내는 강한 친구임이 분명합니다. 그렇게 믿고 살아가야겠습니다.

(2023.01.05.)

흉—터

 최근 얼굴에 생긴 여드름 흉터에 대하여 주변 지인들은 '지속된 야식 탓이다', 혹은 '분명 스트레스 때문이다'라고 훈계를 하곤 하지만, 모두 맞는 말이라 대꾸 없이 고개를 숙이곤 합니다. [흉터]라는 단어에서 나오는 압박감은 이루 말할 수 없더군요. 피부 재생이 시급하단 판단이 바로 들었습니다.

 마침 [흉터]라는 단어가 나왔으니 하는 말인데, 대체 [흉터]가 어떤 한자로 구성된 단어인가 싶어 사전을 찾아본 기억이 납니다. 얼마나 강력한 한자로 구성되어 있나 궁금했거든요. 어라? 근데 뜻밖에도 [흉터]는 순 한국말이더라고요. '상처가 아물고 간 자국'을 의미하는 한글[흉]에 장소를 나타내는 조어 [-터]가 붙은 단어였던 거죠. 마치 놀이터, 낚시터처럼 말이죠. 흉터에서의 흉이 '흉[凶]하다의 '흉[凶]'을 의미하는 것이 아니었단 사실에 조금 놀랐습니다. 그리고 이런 생각을 살짝 해봤습니다. 흉터는 결국 '상처가 아물고 남은 자리', 즉 불길함을 나타내는 흉[凶]이 아니라 현재의 상태를 나타내는 단어 그 이상도 그 이하도 아닌 거라면, 굳이 이 단어에 집착할 이유가 있겠는가. 그렇다고 해서 [흉터] 단어 자체가 좋다는 건 아닌데, 지금의 상태를 확대재생산 해가며 불길한 기운을 계속 가지면서 과거의 상처를 현재가 불길하다며 괴롭힐 이유는 굳이 없지 않겠느냐, 좋은 게 좋은 게 아니겠냐, 라는 말입니다.

가는 토요일이 아쉬워 일기 몇 자 끄적였습니다.

(2023.01.21.)

나로 살게 하는 힘

 일본의 '오타쿠'라는 단어에서 파생된 '덕후'는 하나를 몰두하는 사람을 향한 놀림조의 단어였다. 적어도 내 학창 시절에는 그랬었던 거로 기억한다. 사실, 누구나 덕질하는 것 하나쯤은 있기 마련 아닌가. 오히려 이렇게 흥미로운 것들이 넘쳐나는 세상에서 덕질의 대상이 없다면 조금 슬픈 인생이 아닐까 그런 생각도 들고.

 나는 철도를 좋아했다. 지금도 그런 거 같다. '그래서 철도를 좋아하는 게 뭔데?'와 같은 질문을 받으면 나는 그냥 지하철이든, 국철이든 더 나아가 반쯤 민영화된 선로까지 다 타보는 것, 정도로 설명한다. 정말 철도에 환장할 정도로 철도에 미쳐있는 덕후까진 아니지만 그래도 두 가지 정도의 철도 취미에 관한 철칙이 있는데, 하나, 국내의 새로운 기차가 나오면 타볼 것, 또 하나는, 기존의 열차가 퇴역하면 마지막 날 꼭 타보는 것이다. 바쁜 시간 때문에 요즘은 잘못하고 있지만 예전엔 이 두 가지 항목을 웬만하면 지키고자 했다.

철도를 좋아하면서 가장 기억에 남는 것을 꼽으라고 한다면, '초록색 새마을호'의 퇴역이 생각난다. 나에겐 당연함이었던 '초록색 새마을호'의 퇴역은 군인 신분의 나를 무척 흥분(?)하게 만들었던 소재였다. 아끼고 아껴두었던 휴가를 사용한 것도 그 흥분 소재를 직접 경험해보기 위해서였다.

어쨌든, 그렇다. 세상엔 다양한 종류의 덕질 소재들이 넘쳐나고, 그 하나의 덕질은 어쩌면 나를 나로서 살아가게 하는 원동력일 수도 있다. 그럼에도 덕질을 할 소재가 없다면, 옆에 있는 친구를 덕질해 보는 것도 추천한다. 예를 들어 정길이라든지. 꽤 나쁘지 않은 선택이리라.

(2023.02.26.)

얻을 게 없어서,
얻을 게 많았던 걸음

*본 일기는 영덕에서 울진까지 걸었던 여정을 바탕으로 쓰여졌습니다.

 살면서 몇백 번의 주말을 겪었지만, 아직도 주말 활용법을 터득하지 못한 채 아마추어 방식으로 주말을 즐기고 있습니다. 어제는 걸어서 울진군 평해읍까지 다녀왔는데요. 나름 걸을만 했습니다. 한 번정도는요.

 '걷기'는 몸만 건강하다면 어떠한 스포츠보다 검소한 종목입니다. 다시 말해 가장 원초적인 스포츠이자, 가장 비효율적인 스포츠이기도 합니다. 이렇게 건조한 속성을 가진 걷기를 하며 느꼈던 생각들을 몇 가지 나열해 볼까 합니다.

 첫째, 그 모습은 그 자체의 모습일 때 아름답다.
 전문가마다 지역소멸을 해결하는 방식에 관해 서로 다른 의견을 제시하곤 합니다. 광역화, 공공기관 이전, 혹은 KTX 유치처럼 사회간접자본 확충이라는 다소 적극적인 정책까지. 본론에서 벗어난 이야기이긴 하지만, 시골은 시골일 때 가장 아름다움 빛을 발휘하는 것 같습니다. 적극적인 인구 정책으로 인해 그 시골다움을 뽐낼 수 있을 시기도 얼마나 남아 있을지 모르지만, 제가 본 어촌 마을들은 지금의 모습이기에 두

눈에 담고 싶다는 욕구가 생길 수 있었던 것 같아요. 분명히 이 말을 하는 나에게서도 그런 모습이 있을 거란 생각이 들었습니다. 조금 왜소하고도 이 자체로도 멋이 있는 모습들. 개선이 필요 없는 부분은 굳이 개선하지 않으려고요.

둘째, '백문이 불여일행'은 진리의 속담임이 분명하다.

영덕 기준으로, 고래불 해수욕장의 위쪽은 저에게는 미지의 영역이었습니다. 차로는 간혹 왔다 갔다 했지만, 한 번도 걸어 다녀본 적이 없어서 그 모습을 머릿속으로만 그리고 있던 상상 속의 지역에 가까웠죠. '어촌마을이 다 똑같지'라는 제 생각을 비웃기라도 하듯, 자연환경이나 삶의 모습이 조금씩은 달라져 있었습니다. 아마 말투도 아주 약간씩은 달라져 있었겠죠. 올라갈수록 점차 늘어나는 군사시설을 볼 수 있었는데, 이는 길을 잃지 않고 북쪽을 향해 제대로 나아가고 있음을 보여주는 징표였습니다.

이번 걸음은 책이나 영상과 같은 간접 경험에만 빠져있는 저에게, 좋은 교훈을 줬던 걸음이었습니다. 큰 교훈이라고 하기엔 조금 뭐하지만요. 다음을 묻는 분들이 몇 분 계시던데, 아마 조만간 다른 동네를 또 걷긴 할 것 같습니다. 딱히 느낀 게 없다는 점이 너무 큰 매력으로 다가왔거든요. 어쩌면 최근에 너무 많은 것을 억지로 느끼고 살았나 봐요.

(2023.02.27.)

내 취미에 관하여

 오랜만에 ktx 역방향에 앉았더니 문워크를 하는 마이클 잭슨이 된 것 같아 기분이 그렇게 황홀할 수가 없습니다. 빈속에 마신 커피가 속에서 문워크를 하는 것 같기도 하고.

 어린 시절, 철도를 좋아했었다고 이전 일기에 쓴 적이 있었는데요. 비록 지금은 철도권에 살지 않고 있어 그 빈도가 낮을 뿐이지, 아직도 서울 혹은 철도권 지역을 가면 새로 생긴 노선을 꼭 타보는 만큼 열정은 유지 중입니다. 우리는 '취미가 내 인생에 미치는 영향'이 가히 '작다'라고 말할 수 없는 시대에 살고 있습니다. 러닝, 트레킹, 등산, 여행 더 나아가 경제의 영역인 주식이나 코인까지. 어쩌면 인생 영역의 주된 부분이 일에서 취미 생활로 넘어온 것처럼 보이기도 합니다. 마치 취미생활을 위해 일을 하는 것처럼 말이죠. 기차를 탄 김에 '조금 특이하다면 특이하다고 할 수 있는 취미 : 대중교통을 타는 행위', 그중에서 철도라는 취미가 내 인생에 끼친 영향에 관해 몇 자 적어볼까 합니다.

가. 생활의 영역을 북위 36도 아래로 옮겨놓다
 아마 이 일기를 훔쳐보고 있는 온양 사람들은 아시겠지만,

우리 동네 사람들이 학창 시절 느끼는 경상도는 제주도 정도의 미지 영역이었습니다. 제주는 수학여행이라도 갔으니 오히려 더 멀게 느끼는 혹자도 있었을 거로 추측해 봅니다. 그러던 중, 고1 때 ktx 천안아산역이 생기게 되면서 3시간 정도의 대구까지의 거리가 1시간 정도로 줄어들었습니다. 이건 제가 대구에 있는 대학교로 진학할 수 있었던 가장 큰 요인이었죠. 그 결과는 뭐, 지금까지 경상도 지박령으로 살아가고 있습니다. 혹시 아나요. 나중에 대구시장으로 출마할지. 아 생각해 보니 대구는 안 될 거 같네요.

나. 역을 통해 우물 밖 개구리를 좇다

국가가 신도시 개발, 혹은 지역 재분배를 논할 때 1순위로 고려하는 것이 바로 SOC입니다. 그중 철도는 최소 10년 이후까지 확장성을 고려한다는 점에서 그 가치의 중요성을 알 수 있습니다. 철도를 좋아하다 보면 '신설되는 역'을 관심 있게 보게 되는데, 이 부분만 확인하더라도 계획 발전 흐름을 판단할 수 있다는 거죠. 아, 물론 뉴스를 통해서 다 알 수 있지만, 저는 상당히 비효율적인 방식으로 우물 밖을 확인하고 있습니다. 이래서 트렌드 판단에 늦나, 하여튼. 우물 안(시골)을 벗어나, 우물 밖의 개구리를 좇는 형태의 삶을 '철도 취미'를 통해 실현 중입니다.

다. 극도로 산만한 자에게 사색의 공간을 건네다

젊은 ADHD 정도의 심각함은 아닐 겁니다. 그러나 주의가 산만한 성격으로 살아온 인생이라, 진리를 사색하는 모습과는 거리가 먼 삶을 살아왔었지요. 그러던 어느 날 말 못할 어떤 계기로 사색의 필요성을 느끼게 되었고, 처음으로 기차 안에서 사색의 도구로 활용하고 있는 '일기'를 쓰게 되었습니다. 창밖을 바라보고 있으면, 수천 개의 요소가 nkm/h의 속도로 스쳐 지나갑니다. 저는 어딘가에 집중하지 않아도 그것이 당연한 이 상황이 좋았나 봅니다. 집중을 강요하지 않은 이 환경이 나에게 오히려 집중할 수 있는 환경을 만들어 준 것 같습니다. 혹시 저처럼 극단적으로 주의가 산만한 사람이 주위에 있다면, 조심스럽게 기차표를 구매하여 건네주세요. ktx가 조금 비싸다고 여겨지면 무궁화라도 괜찮습니다. 창가석이면 더 좋고요. 아, 그리고 기차에서의 이어폰은 무선보단 유선이 조금 더 클래식하여 뽐새가 나니, 이 점 참고 바랍니다.

인생은 언젠가 나에게 말을 건다고 합니다. 확실한 건, 말을 거는 환경을 만들어 줘야 인생도 말을 걸 수 있다는 점이에요. '취미'가 바로 그 환경을 만들어 줄 수 있는 최적의 요소입니다. 인생이 건네주는 말을 듣고 싶다면, 지금의 고여있는 환경에서 벗어나 나만의 취미를 만나보는 것을 권합니다.

(2023.03.03.)

책임감에 관하여

책임은 대개 본인의 말과 행동으로부터 시작됩니다. 그래서 말과 행동을 하기 이전에 생각이 선행되어야 하는 이유이기도 하고요. 언젠가, 한없이 가벼워 보였던 책임이 우리에게 무서운 존재로 다가온다면, 아마 우리가 가볍게 뱉었던 책임 덕에 타인이 괴로워하고 있을 시기가 아닐까 싶습니다.

누군가가 책임을 쉽게 생각하는 삶의 태도를 지녔다면, 그 태도의 원인이 어린 시절 봐온 만화영화에도 일부 있다고 생각하는데요. 우리가 어린 시절부터 봐온 만화 영화의 흔한 스토리 라인을 살펴보면, '(1) 주인공이 나댐 → (2) 나댐 덕분에 세상이 혼란스러워짐 → (3) 수습하기 위해 주인공은 책임감을 발휘하여 온갖 소란을 벌임 → (4) 해피엔딩' 순으로 이어지는 것들이 많습니다. 예를 들면 도라에몽의 진구라든지, 혹은 짱구라든지. 문제는 마무리에선 이들 모두 상황을 수습한 책임감 있는 사람으로 보여진다는 거예요. 아주 그냥 주인공만 행복하죠. (2), (3) 과정에서 얼마나 많은 혼란과 피해가 발생하는 지는 전혀 고려되지 않아요. 만약 주인공이 (1)의 과정부터 책임감을 느꼈다면, (3)에서의 책임감은 필요 없었을뿐더러, 그 과정에서 타인의 희생은 없었겠죠. 그렇기 때문에 (3)과정에서 발생하는 수습하는 주인공의 모습을 우리는 책임감이라 부르는 게 맞을까, 그런 의문이 듭니다. 비속어를 조금 사용한다면, 지가 싼 똥 치우는 그런 과정(?)에 불과한데 말이죠.

책임감은 결국 자기 능력을 과신하지 않고 할 수 있는 것과 할 수 없는 것을 구분하는 것. 그리고 할 수 없다면, 능력을 키우던지, 혹은 할 수 없다고 말할 수 있는 용기를 기르던지, 택일할 수 있는 능력을 뜻하는 게 아닐까요. 아니면 어쩔 수 없고요.

(2023.03.27.)

운명인가 봅니다

*본 일기는 한 사람의 기일에 작성되었습니다.

그림을 잘 그리고 싶었던 적이 있었습니다.

물론 그 도구는 기껏해야 미술을 위한 도구라고 볼 수 없는 A4용지와 모나미 볼펜과 같은 것들이었는데요. 근데 그게 마음처럼 쉽게 될 리가 있나요. 수백 번 선만 그리다가 내려놓기를 반복했습니다. 하나를 오랫동안 붙잡는 것도 어려워하고, 심지어 최선의 도구도 찾아보지 않는 그때의 기억을 돌아보면 지금 내 삶의 태도와 매우 닮았다는 것을 깨달았습니다. 그림을 그리는 사람들은 얼마나 많은 노력을 했을까요. 그래서 평소 그림을 그리는 사람을 마음속으로 동경하고 있었나 봅니다. 비록 그 작품이 내 뜻대로 되지 않더라도 붓을 절대 놓지 않는 사람들은 충분히 박수받아야 마땅하다고 생각해요.
  그런 의미에서 열심히 그리는 태도로 나에게 자의식을 갖게 해준 한 사람이 있는데요. 지금이라도 늦지 않았다면 원 없이 박수를 쳐주고 싶은데, 안타깝게도 붓을 잡던 악력이 너무 셌던 탓인지 지금은 그 붓을 놓아버렸습니다. 아마 완성하려던 그림의 도화지가 너무 컸기 때문이겠죠.

한때, 청춘이란 단어가 벅차오르던 그때, 그 악력을 닮고자 노력했던 때가 있었는데, 지금은 부끄럽게도 먹고 살기에 급급한 삶을 살고 있습니다. 유독 오늘, 그때가 기억나네요.

(2023.05.23.)

낭만적이지 못한 이야기

의성, 영덕을 왔다 갔다 하며 남들과 다를 바 없이 잘 지내고 있습니다.

정체성을 드러내는 방식이 다양해지는 이 시점에서, 사는 장소에 대해 일기 좀 써달라는 부탁을 받으면 바쁘다며 장난스럽게 듣고 웃어넘기긴 했는데요. 지금까지 썼던 일기들을 쭉 훑어보니 '구체적인 내 생활 장소'에 관한 묘사보단 '감정'을 드러낸 글들이 많더라고요. 아마 인스타그램은 애초에 개인적 일기로 시작되었고, 평소 내 생활상에 사람들이 별로 궁금해하지 않을 거로 생각했기에 그런 글로만 가득 채웠는데, 오히려 이번 기회로 요즘 사는 동네를 한번 둘러볼 수 있는 좋은 핑계가 될 수도 있을 것 같아 바로 주위를 둘러봤습니다.

조금 더 극단적인 대비와 묘사를 위해 수도권의 모습도 살짝 염탐을 해봤어요.

1. 수도권에서는 고양의 대곡 - 부천의 소사를 잇는 대곡소사선이 조만간 개통을 준비하고 있습니다. 서해선의 일종으로

서, 수도권의 범위를 늘려 중심부로부터 사람들을 더 멀리 밀어내려는 목적이 반영된 노선으로 알고 있는데, 중요한 건 김포공항을 거치는 노선이라 출근길 9호선을 그야말로 박살을 낼 수도 있다는 점입니다. 애매하죠. 더 나아가 내년 개통을 예상하는 gtx는 더 넓은 권역을 수도권으로 만들 겁니다.

2. 남녀노소, 혹은 소득수준을 불문하고 꽃을 좋아하는 인간의 본성은 세대가 변해도 변하지 않는 사실입니다. 그런 의미에서 제가 거주하는 이곳에도 - 다른 사람은 어느 정도의 시골을 생각하고 있는진 모르겠지만, 적어도 읍내 면내 급에서는 - '남부럽지 않은 꽃 애정을 가진 사장님'들이 운영하는 꽃집이 몇 개 있습니다. 안타깝게도 저는 인간의 본성을 역행하는 탓인지 꽃을 그다지 좋아하지 않아서 도통 꽃집을 방문할 기회가 없더군요. "매번 이런 예쁜 꽃만 만들면 얼마나 좋을까. 개업 축하하시게요?" 그러다 최근 우연한 기회로 방문한 꽃집 사장님의 말을 이해하기엔 그리 오랜 시간이 걸리지 않았습니다. 뭐, 꽃에 지위가 있는 것은 아니라도, 적어도 죽은 이를 추모하는 조화가 주 수입원이라는 사실은 정말 힘빠지는 일이 아닐 수 없겠습니다.

'분산'의 목적을 가지고 확충하는 노선들이 오히려 더 과집중을 만드는 중심의 모습과 집중을 원하지만 무엇하나 집중시키지 못하는 이곳의 현재가 많이 비교됩니다. 길게 봐야 한다, 노력 주기가 짧은 탓이다, 조금 더 시간이 지나면 괜찮을 거다, 라며 현 상태를 그리 심각하게 생각하지 않는 혹자들이 있을 텐데, 제가 지내는, 핸들이 고장 난 8톤 트럭에 조화가 쉼 없이 실려 나가는 이곳은 어쩌면 혹자들이 생각하는 것보다 조금 더 심각한 상황처럼 보입니다. 그래서 제가 여기 살고 있기도 하고요.

그렇습니다. 제가 사는 이곳은 이렇습니다. 원하던 낭만적인 이야기를 들려드리지 못해 미안합니다.

(2023.05.25.)

자기반성

사석에서 지인들과 철학적 가치를 논할 때, 정작 그들 사이의 존엄은 경시되곤 합니다. 예를 들어 a국 침략의 부당함을 논하면서 앞에 앉은 상대방에겐 원하지 않는 술을 강요하고, 정치인들의 폭언을 문제 삼으면서 옆에 있는 상대방에겐 욕설을 일삼는 그런 경우 말이죠.

이처럼 늘 사석에서의 철학은 늘 거시담론만이 주를 이루면서 본인의 삶을 거시 영역으로부터 분리해 경시하는 경향이 있는데, 이건 정작 본인의 삶은 정상궤도에서 벗어났음에도 "~~정치인이 불쌍해요"라며 각하의 안부를 먼저 묻고 있는 '시장상인 짤'로 비꼬아지고 있기도 합니다. 이런 현상은 아시다시피 요즘만의 일은 아니고, 본인은 굶어 죽으면서 왕의 안부를 물었던 선조의 뼛속 같은 유산이라 생각합니다.

그리고 그 유산을 잘 계승하고 있는 겁니다. 반성합니다.

(2023.06.09.)

변하는 것과
그러지 않는 것

 여기 작은 목욕탕이 하나 있다. 20년 전보다 가격을 무려 2배나 올렸지만 그래도 변화에 욕심을 내지 않고 적정선을 지켜주는 아주 고마운 작은 목욕탕.

 세상의 모든 것들은 변하기 마련이다. 더러운 정치판만은 변하지 않는 듯한데 이건 차치하고, 세상의 모든 것들은 변하기에 아름답다고 말한다. 그 변화가 때론 낯설고 당혹스러울 수는 있다. 마치 성장기 시절 3달 만에 10센티나 자라버린 나의 키처럼. 하지만 이 또한 익숙한 모습으로 자리를 잡고, 언제 그랬냐는 듯 제자리로 돌아온다.
 자전도 하고 공전도 하고, 그에 따라 모든 것이 움직이는 게 세상이라 한다면, 어쩌면 우리가 변화하는 건 변화하는 세상에 고정하기 위함이기 때문이 아닐까. 그렇다면 변하는 건 변하지 않기 위한 과정으로 이해해도 되지 않을까.
 당신 앞에 무언가가 변했다면 그건 당연하다 이해해야 한다. 매우 자연스러운 거니까. 단, 위의 목욕탕처럼 변화에 있어선

늘 적정선이라는 게 존재할 것이다. 어떤 것의 욕심으로 적정
선을 넘어선다면 무언으로부터 도태될 수도 있다는 것, 이건
반드시 명심해야 한다. 이건 경영학의 발전 이론과도 맞물려
있는 것처럼 보이기도 하고. 결국 우리는 '변화'라는 존재를
이해하고, 자연스러워하고, 또 역설적으로 두려워해야 하며
경계해야 한다. 변화는 그래야만 하는 존재다.

 문득 살다 보면 변화해야 하건만, 아직도 변하지 않은 것들
이 있더라. 변화하지 않는 것, 그것 또한 그렇게 꼴 보기 싫
을 수가 없다.

(2023.07.08.)

당연함 속에 숨겨진 모습

대학생 시절 방문한 어느 게스트하우스에서 막 임용된 유치원 교사와 대화를 나눴던 경험이 떠오릅니다. 그 교사는 임용 전 흡연을 해왔었는데, 임용된 이후 아이들에게 피해가 갈 수 있어 금연하는 중이라고 하더군요. 그녀의 흡연권 침해와 같은 사회적 자유의 훼손은 저에겐 지극히 당연하게 다가왔고, 특히 혐연권이 흡연권보다 앞서있는 이 사회에선 그 피해 객체가 어린아이라는 사실만으로도 그들의 금연은 응당했습니다. 아직도 사실 그 본질적인 저의 의견은 변함이 없는데요. 그러나 그때의 생각에 후회되는 부분이 있습니다. 직업윤리를 강요당하는 이들에게 아래의 조건들이 과연 얼마나 적용이 되는지의 여부를 간과했다는 사실입니다.

가. 직업윤리가 개인의 자유를 넘어설 수 있는지
나. 넘어설 수 있다면, 개인의 자유를 벗어난 영역에 관한 물리적 보상은 이뤄지고 있는지
다. 침해된 자유가 현저히 침해됐을 때, 그것을 회복하기 위한 쟁의행위 권리가 그들에게 보장되어 있는지

훗날 자의 반 타의 반으로 노동학을 공부하게 되었고, 유치원 교사의 사회적 자유 훼손을 지극히 당연하게 생각했던 그 당시 상황이 부끄럽게 다가왔습니다.

최근 강남의 한 초등학교 교사가 생을 마감했다는 이야기를 듣고 복잡한 마음에 잠을 이루지 못했습니다. 분명 명시된 근로시간이 있을텐데, 왜 24시간 동안 카톡을 통해 학부모에게 희롱과 갑질을 당해야 되는 지 도통 이해가 가지 않았습니다. 교사라는 이유만으로, 어린아이를 대하는 직업이라는 이유만으로 말이죠. 24시간 응대와 같은 이상한 업무들이 과연 교사 취업규칙에 명시된 것인지, 해직 교사들의 참여를 핑계로 전교조를 법외노조로 만들어 교사들이 최소한의 쟁의행위도 못하도록 설계된 이 나라 노동법이 과연 누구를 위한 노동법인지, 상당히 궁금해졌습니다.

말이 안 되는 건 바뀌어야 합니다.

(2023.08.01.)

불호를 피하는
소극적인 방식

좋아하는 문장이 하나 있습니다.

"뭘 좋아하세요?"

문장 자체로서 무척 설레는 말임과 동시에, 평소 성격상 전혀 생각하지 않았던 영역을 고민할 수 있는 문장이라 좋아하는 거 같아요. 저는 사실 만물의 기호가 뚜렷한 편은 아닙니다. 식당에 갈 때도, 식당에서 메뉴를 고를 때도, 심지어 계산의 주체를 선택할 때도 '뭐든 좋은 게 좋은 거지'라는 생각을 가지며 살아가고 있습니다.

그러나 그런 저에게도 호불호가 확실한 요소가 있다면 그건 바로 함께하는 사람인데요. 조금 냉정하게 들릴 순 있겠지만, 만약 무리 중 마음에 들지 않는 사람이 있거나, 무리 모두가 그 사람을 좋은 사람이라고 판단한다고 한들 저와의 가치관이 다르다면, 그 공간에 함께하지 않으려 합니다. 사람의 호불호를 취하는 방식에 있어서 '호를 택하는 적극적인 방식'보단 '불호를 피하는 소극적인 방식'을 택한다는 말이죠. 저의 개인적 기호로 타인에게 불이익 끼치면 안 되니까요.

 최근, 양평의 고속도로가 휘었습니다. 휘게 된 이유를 밝히려고 하니, 무소불위 권력을 발휘하여 백지화시키더군요. 누군가를 좋아하고, 좋아함을 표하고자 권력까지 이용해 이득을 챙겨주려 하는 모습을 보며 많은 생각이 듭니다. 사랑의 표현 방식이 너무 적극적이죠. 호를 택하기 위해 누가 피해볼지 생각도 안 하고 돌진하는 이 모습이 너무 저돌적으로 비친 나머지, 호모 에렉투스와 같은 비이성적 준인류와 동등하게까지 보입니다. 아이큐 두 자리수에 수렴하는 저조차 최소한의 배려 기준을 정하고 소극적인 호불호 행동을 취하는데, 누구보다 똑똑한 사람들이 그런 기준 없이 행하지 않는 걸 보면, 결국 사람의 본질은 결코 성적, 학벌순으로 결정되지 않는다는 말이 와닿습니다.

 대인 방식으로 '불호를 피하려는 소극적인 방식'을 택하는 제가 오늘따라 괜히 대견해 보입니다.

(2023.10.01.)

어이없는 사회 읽기1

한 달에 고속도로 통행료로 나가는 돈이 5만 원에서 많게는 10만 원에 육박할 때가 있다. 물론 일을 위해 통행할 땐 회사로부터 비용을 청구하는 경우도 많다만, 그럼에도 이런 연말에는 모임이 잦아 5~10만 원의 비용은 고정적으로 나가는 게 기본이다. '월 지하철 고정비용' 10만 원이 부담이었던 서울에서의 생활과 그다지 다를 바 없다는... 아무튼 하려던 말은 이게 아니고.

우리는 신호등도 없으며, 횡단보도를 건너는 보행자 또한 없는 고속도로를 일정 구간 이용하기 위해 고속도로 운영사에 통행료를 지급한다. 그 통행료엔 휴게소를 이용할 수 있는 권리, 휴게소 인포메이션 센터로부터 정보를 얻을 권리, 간단한 정비를 위한 장비를 이용할 권리 등 다양한 권리가 담겨있다고 하는데, 그중 통행료에 포함되어 있는 가장 큰 권리는 '일정한 거리를 고속으로 달릴 권리'가 아닐까. 그러니까 고속도로겠지. 간혹 사고가 나거나 명절에 다다를 때 고속으로 달릴 권리를 침해받곤 하지만, 고속도로는 수요에 맞춰 무한한 공급이 보장

할 수 없기에 우리는 이런 변수들을 충분히 감안한 채 고속도로를 이용해야 한다.

 이제 일차원적인 생각에 근거하여 불편한 딴지를 조금 걸어볼까 하는데. 만약 하나의 차선을 막고 고속도로 보수공사를 하는 경우라면! 고속도로 보수공사 때문에 고속도로를 저속으로 이용하고 있다면, 즉 고속으로 달릴 수 있는 권리를 보수공사로 침해받고 있다면, 우리는 그에 대한 보상을 적절히 받고 있는가. 물론 보수공사는 우리의 안전을 받기 위해 무조건 필요한 조치인 건 누가 모르겠어. 하지만 그것이 긴박한 경우가 아니라면 통행량이 적은 새벽 시간에 진행하는 것이 맞을 거고, 통행량을 고려하지 않은 채 본인들 편한 시간에 공사를 진행하는 거라면, 이건 운영사의 귀책 사유에 해당할 수 있는 거고. 결국 귀책 사유에 해당한다면 권리 침해에 대한 부분을 일부 인정하여 배상적 차원으로 통행료를 감면해 주는 것이 맞을 거고.

 뭐 국가 덕에 저렴하게 이용하는 것도 있고 하니까, 또 따지기도 애매한 면이 있을 것 같기도 하고, 자꾸 차가 막혀서 쓰잘떼기 없는 딴지를 좀 걸어봤어요.

(2023.12.10.)

어이없는 사회 읽기2

　실내화 가방을 무릎으로 차며 들어간 첫 번째 전공 시간, 정치를 '한정된 자원을 효율적으로 분배하는 방법을 결정하는 시스템'으로 정의하더라. 이런 정치를 효율의 관점에서 바라봤을 때 꼬리말처럼 따라오는 개념이 바로 '정치인의 도덕성'이다. 어제 자 비정치인 -아니 넓은 개념으로 보면 정치인으로도 볼 수 있겠지만- 유시민 작가가 유죄판결을 받았다. 하지만 그에게 선뜻 비도덕적이라는 타이틀을 부여하기 꺼려지는 이유는 왜일까. 더 나아가 정치인은 반드시 도덕적이어야 하는가. 이 질문의 해답을 도출하기 위해서 '무죄=도덕적/유죄=비도덕적'이란 가정을 세워본다.

　1. 공식은 수학의 사칙연산처럼 시대가 변하더라도 절대 변하지 않아야 한다. 하지만, '죄'와 '도덕'은 이상하게도 시간이 지나면 정의가 변화하더라. 민주화 운동을 벌이다 집시법 위반으로 유죄판결을 받는 이들이 이 시대엔 민주열사로서 추대받는 것처럼, 질서확립이라는 명목하에 광주에서 개같은 짓을 벌인 군부가 시간이 지나 5공 청산에 의해 죄인이 되는 것처

럼, 결국 죄의 개념은 수학과 달리 매번 변화하는 이상한 녀석이다.

2. 그렇다면 시도 때도 없이 변하는 도덕이 대체 왜 좋은 정치인의 조건이 되는 거냐. 기본적으로 그 시대의 룰을 어겼다는 건 1) 악에 굴하지 않는 정신이 있다거나 2) 진짜 양아치거나 둘 중 하나일 텐데, 우리는 2)에 해당하는 혹자가 정치를 할 수 없게 만들어야 한다는 마음을 늘 가지고 있다. 실제로 진도, 이태원에서 죄 없는 수많은 사람이 죽어 나갔던 이유, 즉 사회시스템을 붕괴시킬 우려가 있는 사람을 우리의 대표로서 선발할 우려가 있다는 점에서 도덕성은 정치인의 조건으로서 결코 무시될 수 없다.

3. 오케이. 죄가 있는 사람들은 위험해. 그러면 이런 극단적인 경우는 어떨까. '죄 있고 능력 있는 사람'과 '죄 없고 능력 없는 사람'의 대결로 우리의 대표자를 결정해야 한다면?

골 때린다. 그러나 우리는 알고 있다. 더 나은 결과를 위해선 정치의 결과가 0에 수렴하는 후자보단, 시대에 따라 변하는 '죄'를 가지고 있는 전자가 정치 성공 확률이 높다는 사실을 말이다.

(2023.12.22.)

어이없는 사회 읽기3

죽음을 목전에 둔 상황에서 그래도 비는 내렸다. 이건 교통 사고를 당했을 찰나에 느껴졌던 나의 선명한 감정이었다.

문득 수도꼭지 짤이 생각났다. 퇴사와 관련된 내용이었던 걸로 기억하는데, 수도꼭지에 연결된 호스가 빠지더라도 결국 물은 같은 곳으로 흘러내린다는, 즉 본인의 퇴사로 인한 타격으로 회사가 위태로울 거란 착각 속에 회사를 관두지만 결국 잘 돌아간다는 의미의 짤이었다. 죽음도 마찬가지일 거란 생각이 들었다. 잠시 슬퍼하겠지, 그리고 언제 그랬냐는 듯 사회는 정상적으로 흘러가고 있겠지. 그래도 계속 내렸던 비처럼.

만약 선언적 목적으로 스스로 죽음에 이른다면 그건 결과적으로 실패에 그치고 말 것임을, 그러므로 살아서 이야기해야 할 것임을, 전혀 관계없는 상황에서 깨닫고야 말았다.

스스로 목숨을 끊지 말아야 하는 이유가 여기 있다. 살자. 그리고 살아서 이야기하자.

(2023.12.30.)

어이없는 사회 읽기4

 좋은 글은 삶과 글 사이의 거리가 짧은 거라고, 누군가는 그
런다. 짧은 거리를 아름답게 묘사한 시와 소설과 같은 문학이
제일일 것이고, 일기는 그다음 정도가 될 것 같은데, 그런 의
미에서 뜬금없이 올리는 내 일기는 나름 삶이랑 근접한 영역
에 있기에 나쁘지만은 않겠구나, 하고 또 한편의 일기를 생판
부지 처음 와본 이곳에서 써본다.

 장애인에 대한 배려 말인데, 아마 정책적 배려나 배려에 관한
사회적 인식이 높다는 건 선진국의 조건이라 볼 수 있으리라.
10년 전 처음 일본에 와서 놀랐던 건 시각장애인을 위해 횡단
보도에서 소리가 나던 것. 지금은 한국도 이런 시스템이 많이
도입된 걸로 안다. 올 중순 배리어프리 관련 포럼에서 당연함
의 기준이 달라 매우 부끄러웠던 기억, 얼마나 더 많은 것을
놓치며 살고 있었을까, 작은 배려가 담긴 시스템을 볼 때면 얼
굴이 화끈해진다. 사회 안전망 구축이 현대 사회민주주의의 최
우선 과제라고 한다면, 인간의 기본권이 담긴 장애인에 대한
배려는 애초에 논리를 갖다 댈 영역이 아니다. 개발 예산 확충

을 이유로 예산을 삭감하고, 얼토당토않은 이유로 배려를 위한
시스템 구축을 미루는 그 모든 논리는 줄 서서 빠따를 때려도,
폭력은 안 되지 아참.

 나는 늘 내일의 내가 몸이 불편해질 수 있다는 생각을 가지
고 사회 시스템을 바라본다. 그리고 소중한 한 표를. 그래서
다음 총선엔,

(2024.01.15.)

어이없는 사회 읽기5

#1

 연일 정부를 향한 학자들의 비판이 줄을 잇는다. 어느 정부 땐 안 그랬나 싶다만, 비판 분야가 유독 피부에 와닿는 분야 인지라 비판의 논조가 어느 때보다 논리적이고 강해 보이는 게 사실이다. 시간이 되면 공공경제학의 대가인 서울대 이준 구 교수가 최근 대통령의 부동산 관련 발언에 관해 쓴 사설 이 있는데, 한 번 읽어보셔라.

 이러한 비판 행태는 행정부에만 국한된 이야기는 아니다. 매 번 총선을 앞두고 입법 공백이 생기기 마련인데, 요즘 시기만 되면 공천이니 뭐니, 벌써 다음을 생각하는 잡음으로 가득하 고, 이에 대한 전문가들의 비판이 잇따른다. 입법부에선 최근 이태원 특별법을 통과시키는 등 긍정적인 성과도 있었으나, 그래도 우리들에겐 사고에서 끝나야 하는 것들을 사건화하는 모습, 사건까지 가야 할 것들을 사고에서 그치게 만드는 모습 만이 선명한 잔상으로 남는 게 현재 입법부의 모습인가 보다. 직접민주주의의 한계를 대체하기 위해 실시된 대의민주주의는 중우정치라는 벽에 부딪히게 되고, 결국 엘리트들의 명예욕 추구의 장이 되어버리는, 보통의 사람들과 괴리되어버리는 괴이한 지금의 형태를 만들어 낸다. 보통의 사람을 대변하지 못하는 대(代)의제를 어찌 민주주의라 할 수 있겠는가, 라는 근본적인 질문이 조금 귀찮더라도 우린 꾸준히 던져야만 한다.

#2

#1과 장르를 조금 바꿔서, 보통 사람에서의 '보통'이란 단어에 관해 조금 이야기하자면, 지금은 '일반'과 같은 단어로 바꿔어 쓰이는 추세 같던데, 뭐랄까, '보통'이란 단어는 가슴을 뭉클하게 만드는 무언가가 있다. 보통의 사람으로 비춰지고, 보통의 사람으로 사랑받는 것이 내 사소한 목표였기에 더욱 그런 거 같기도 하고. 드립의 소재로 자주 사용하고 있는 알랭 드 보통은, 영국에서 한 여자와 사랑하는 '보통'의 사랑 이야기를 소설 속에서 다뤘지만, 글솜씨를 보아하니 보통의 놈은 아닌 거 같으니 패스하고.

#3

보통의 반대말을 굳이 꼽아보라면 '특별함'이 아닐까. 특별함은 늘 문제만을 자아내는 골치 아픈 녀석이다. 이 녀석은 하방경직성이 정말 심한 녀석이라, 특별해지지 않는 것을 정말 꺼리고 불안해 한다. 특별해지지 않음을 늘 경계하고, 이를 방지하는데 많은 시간적, 경제적, 그리고 인적자원을 낭비한다. 모든 사람이 특별하다면, 그리고 특별하지 않음을 방지하려 한다면 세상은 분명 파괴될 것이다. 더 많은 골프장을 만들기 위해 나무를 베어버릴 것이고, 학구열이 높은 지역의 땅값은 치솟을 것이며, 사교육비는 말할 수도 없을 것이지. 특별함 경쟁에 밀려 스스로 생을 마감하는 경우는 어떻게 설명할 건가. 특별함은 이렇게 위험하다. 특별한 사람이 착각하는 건 그도 본래 보통의 사람이라는 거다. 보통의 사람을 누군가가, 예를 들면 선생님이나 부모님 혹은 친구들이 '너 잘해, 특별해'의 한마디의 인정이 그를 놓지 못하고 있는 게 아닐까, 라고 특별해 본 적 없는 내가 감히 단정 지어 보건대, 그게 아니라면 무엇이 그 착각 속에 살아가고 있는 건지 의문을 쉽게 벗을 수가 없다.

세상의 이치를 남들보다 조금 일찍 깨닫는 것, 그건 바로 보통의 사람으로서 온전히 살아갈 수 있다는 게 아닐까. 보통의 사람도 특별한 사람 못지않게 어딘가에서 보통의 무엇을 위해, 그리고 보통의 누군가를 위해 최선을 다하며 살아가고 있다.

#4

'보통'이란 단어는 특별하지 않을 수 있다는 걸 쉽게 수긍할 수 있는 사람만이 가져갈 수 있는 보통의 타이틀이다. 모두가 보통의 세상에서 훈훈한 타이틀 하나씩 가져갈 수 있기를.

(2024.01.17.)

2부
밤에 쓰여진 일기

2021년 6월, 밤하늘의 모습이 달라졌다.

1부와는 달리 2부는 내면 감성 한 스푼이 추가 되었다. 나의 밤 기록이 먹먹한 당신의 밤에 조금이라도 도움이 되기를.

누워서 쓰는 일기

 모처럼 휴일을 맞아, 영덕 아무개 해수욕장에 자리한 소나무 숲 밑에 돗자리를 깔고 누워있습니다. 오늘만큼은 떨어지는 솔방울에 맞아 이빨이 나가든, 소나무재선충병에 걸리든, 해일이 와서 나를 덮치든 낮게 부는 바람을 이불 삼아 책과 함께 여기에 계속 누워있을 생각입니다. 아, 해일이 오면 도망가긴 해야겠어요.

 누워서 가만히 생각해 보니 시골 생활, 나쁘지 않네요. 힘들면 아무 데서나 누울 수도 있고. 서울은 누울 공간이 마땅치 않았거든요.

 언젠가 7번 국도를 타고 드라이브하실 때면 영덕에 들려 제 얼굴 정돈 보고 가세요. 보고 가주세요. 제발. 심심합니다.

(2021.09.19.)

행복아, 청춘하자

*본 일기는 잡지 '좋은생각'에 기고했지만, 호되게 떨어진 글입니다.

 나에게도 시공간을 초월한 큰 책장이 있다면 책장 뒤에 서서 책을 밀며 4년 전 나에게 소리치고 싶습니다. "도망가!"

 스물아홉 서울. 지겹도록 지겨운 일상에서 지겨워진 나를 마주했을 때, 퇴근 중 공덕역 앞 회사 빌딩 1층 계단에 털썩 앉아 버렸습니다. '이렇게 사는 게 맞나?'. 시간 외 업무까지 고려한다면 최저임금 '8,720원'에 준하는 임금도 받지 못했습니다. 퇴근 후에도 쌓인 업무를 작디작은 원룸에서 처리해야만 했으니까요. 직장 상사와의 관계 또한 저를 괴롭히는 요인 중 하나였습니다. 지금 생각해 보면 제대로 된 게 하나도 없는 생활이었네요. 무슨 부귀영화를 누리려고 그 안에 붙어있었을까.

 원하는 삶을 살 자유, 원하는 것을 생각할 자유, 원하는 곳을 볼 자유 그리고 원하는 냄새를 맡을 자유마저 빼앗아 가고 있었지만, 아이러니하게도 안(內)에서의 대책만 생각할 뿐 공간으로부터의 도망은 전혀 생각하지 않고 있었습니다. '악마와 깊고 푸른 바다 사이'에 서 있기 전까진 말이죠. 악마보단 깊고 푸른 바다가 차라리 낫겠다고 생각하던 찰나, 우연한 기회를 통해 시골에서 살아볼 청년들을 모집한다는 광고를 보게 됐습니다. 평소 무심코 지나치는 부류의 광고였지만 이번만큼은 광고가 나를 향해 말하고 있는 것만 같아 가슴이 뛰었습니다. 그렇습니다. 나의 현재 상태는 청춘이었습니다. 두 번 다시 돌아오지 않는 청춘이었습니다. 현재를 볼모로 미래를 준비하는 삶을 버리고, 현재만을 준비하는 삶을 살아야겠다고 다짐했습니다.

지역 정착 결정을 한 지 반년이 지난 지금, 저는 경상북도 영덕군에 살고 있습니다. 살기 위해서, 살고 싶어서 떠난 곳이 우연하게도 '깊고 푸른 바다'를 가진 곳입니다. 이곳에서 저는 로컬 문화기획사에 취직하여 또 다른 청년 마을을 만드는 중입니다. 저와 같은 고민을 하는 청년들을 위해, 악마가 싫어 아까운 목숨을 깊고 푸른 바다로 던져버릴 준비하는 청년들이 삶에 관해 다시 생각할 수 있는 공간을 만들기 위해 저는 오늘도 밤낮으로 뛰어다니는 중입니다.

지역 정착 결정은 현실적으로 쉽지 않습니다. 지역에서의 삶도 절대 쉽지 않습니다. 인프라가 없는 탓에 도시에서보다 오히려 더 바쁘게 일해야 할 수도 있습니다. 그래도 행복하냐고요? 그렇습니다. 현재 매우 행복합니다. 휴일, 마을 보호수 밑에 앉아 매미 소리를 음악 삼아 책을 읽을 때면 왜 진작 도망해 오지 못했을까 하는 생각이 가장 먼저 듭니다.

마침 어제 서울 직장에서의 퇴사 후 이직 생각을 하는 친구에게 전화가 걸려 왔습니다. '아무리 뒤져봐도 지원할 수 있는 곳이 없다. 내가 너무 부족한 것만 같아 힘들다'라고 하더라고요. 그래서 이곳에서도 일할 수 있는 곳이 얼마든지 많으니 자아 착취는 그만하고 그곳에서 도망이라도 쳐보자고 말했습니다. 각자의 상황을 고려하지 않는 오만한 생각일 수도 있겠지만, 그럼에도 혹시 악마와 깊고 푸른 바다 사이에 서 있는 상태의 청년을 만난다면 '도망'이라는 선택지도 존재한다고 건네주고 싶습니다. 나를 살렸던 이 말과 함께 말이죠.

'행복아, 이제 청춘 할 때 됐잖아'.

(2021.10.11.)

과정 속의 달팽이

새벽에 문득 잠에서 깨어 패닉의 〈달팽이〉를 반복해 듣는 낭만은 어떠한 것과도 비교할 수 없이 피곤합니다.

저는 노래를 들을 때 가사를 잘 듣지 않는 편입니다. 그 어떤 애절한 발라드 가사라 하더라도 댄스 비트를 입혀 놓는다면 두-둠짓 할 자신이 있다는 의미입니다. 그렇다고 절대 춤을 잘 춘다는 의미는 아니고요. 그렇지만 이런 저도 살다 보면 한 번씩 그 가사에 빠져드는 경우가 있습니다. 아마 가사의 내용과 지금 나의 상황이 닮았을 때 주로 그러는 거 같은데, 패닉의 〈달팽이〉가 그런 노래입니다.

〈달팽이〉의 가사는 달팽이가 이 세상 끝 바다로 갈 거라고 속삭이는 게 주된 내용인데, '꿈을 이뤄 이미 세상 끝 바다로 가 있는 달팽이(결과)'보다는 욕조에 앉아 있는 이적에게 '세상 끝 바다로 가고 싶다고 말하는 달팽이(과정)'가 좀 더 '멋진' 달팽이라고 느껴지는 걸 보면, 저는 결과보단 과정에 있는 누군가에게 좀 더 긍정적인 자극을 얻고 있는 게 확실한 거 같습니다. 더 나아가, 나는 성공이라는 결과를 얻기엔 글렀구나..

그러니까 새벽에 노래 듣지 마세요.

(2021.11.29.)

코로나로부터의 사색

 예상치 못하게 코로나 밀접 접촉자로서 며칠 갇혀있었습니다. 주위에서는 누구나 한 번쯤은 스쳐 지나가는 일이라며 다독여 주지만, 두 번 다시 겪고 싶지 않은 경험인 것만은 분명합니다.

 저는 기본적으로 혼자 자유롭게 돌아다니는 것을 좋아합니다. 가고 싶은 곳에 가고, 하고 싶은 것을 합니다. 초등학교 생활기록부에는 내내 이런 저를 보고 '주의가 산만하다'라고 표현해 주더군요. 얼마나 영광스러운 표현인지 모르겠습니다. 그때의 담임선생님들은 참 예측력도 좋습니다. 아직 이렇게 살고 있으니까요.

 군인으로서 운이 좋게도 휴가를 자주 받을 수 있는 병과에 근무했음에도 신영복 선생님의 '감옥으로부터의 사색'을 읽으면서 그 답답함으로부터 벗어나고자 끊임없이 내적 저항을 펼쳤던 기억이 나네요. 이 책은 아직도 여러 압박으로부터 답답함을 느끼는 주변에 자주 추천해 주는 책이기도 합니다. 결론은, '자유'가 주는 가치에 관해 깊게 사고할 수 있었던 요 며칠이었습니다.

 최근 한 대선 후보의 반노동적 발언을 듣고 경악을 금치 못했습니다. 안타깝게도 그 대선 후보가 몸담은 곳은 '자유'를 울부짖던 정당이었어요. 그들이 말하는 자유의 주체가 국가인지, 혹은 개인인진 잘 모르겠습니다. 아마 그 판단은 개인의 몫이겠죠.

 이 모든 이야기는 별론으로 하고, 다시 겪고 싶지 않은 소중한 감금이었습니다.

(2021.12.13.)

일출

오랜만에 일출을 보고 들어오는 길입니다. 고작 몇 분이지만, 국토 동쪽 끝에 살고 있다 보니 남들보다 조금 일찍 일출을 볼 수 있다는 장점이 있습니다. 평소 저는 일출을 즐겨보는 편은 아닌데요. 부지런하지 못한 생활 습관도 한몫하겠지만, 깔끔한 일출을 보지 못할 때의 그 아쉬움이 크게 다가온다는 게 주된 이유입니다. 기대감을 가지고 실망만하고 돌아온다면 오히려 안 보는 게 나으니깐요. 사실 태양이라는 존재는 먹구름이 가린다고, 혹은 큰 산이 가로막는다고 결코 가만히 있거나 사라지는 존재가 아니잖아요. 거대한 태양은 지구상의 어떤 것으로도 가릴 수 없는 절대적 존재이기에, 약간 가려질 순 있어도 그 본질은 어디 도망가지 못할 텐데 말이죠. 그런데도 저는 보이지 않음에 쉽게 실망하는 멍청한 태도를 보이고 있습니다.

깔끔한 일출을 보지 못해 격하게 실망하는 모습처럼, 본질을 보려 하지 않고, 사사로운 주위에만 영합하려는 사람이 된 것 같아 스스로 부끄러울 때가 종종 있습니다. 어차피 본질은 떠오르고 있다는 사실을 되새기면서, 가려져 보이지 않는다고 쉽게 실망하지 말아야겠습니다. 어쩌다 일출 한 번 봤다고, 엄청나게 말이 많네요. 그죠?

(2021.12.31.)

오늘만큼은 편하게

군이 오늘 안 해도 되는 걱정들을 내일로 미루는 삶에 관하여, 적어도 걱정을 미룬 오늘만큼은 조금 홀가분해지는 기분을 얻음과 동시에, 미처 생각하지 못했던 다른 것들을 생각할 수 있는 여유가 생기더군요. 단, 여유를 아직 긍정의 행동으로 옮기지 못하고 있다는 건 반성해야 할 문제라고 생각합니다.

한치도 예상할 수 없는 내일도, 그리고 그다음 날도 걱정이 밀려올 게 분명한데, 이렇게나마 걱정을 줄이려고요. 이렇게 각박한 세상 속에서는 그래야만 합니다.

(2022.01.06.)

정의란 무엇인가

옳다고만 생각해 왔던 내 정의가 또 다른 정의를 만나 기존 정의가 무너졌을 때, 내 모습이 그렇게 미숙해 보일 수 없습니다. 쉽게 고집을 꺾지 못하는 모습은 마치 평소에 그렇게 싫어했던 꼰대가 되어버린 것만 같아요.

저번 주말, 제가 다니는 회사에서 '패밀리 데이'라는 가족 초청 행사를 진행했었는데요. 부모님의 무뚝뚝 성격 탓에 먼 거리를 선뜻 오실 것 같지 않아, 행사 참여에 관한 이야기를 주저했었습니다. 하지만 좋은 사람과 멋진 일을 하고 있다는 사실을 알리기에 좋은 기회인 것 같아 용기를 내어 말씀드렸고, 예상과는 달리 기꺼이 자리에 참석해 주시는 부모님을 보면서 나 스스로가 잘못된 부모님의 형상을 만들어 그것이 '옳은 정의'라 믿으며 살아온 게 아닌가 반성하게 되었습니다.

앞으론 과학도 아닌 것을 지극히 주관적인 판단을 통해 함부로 정의하지 않겠습니다. 어렵겠지만 말이죠,

(2022.02.10.)

운동에 관하여

운동 후 샤워를 하려 하는데, 방에 뜨거운 물이 잘 나오지 않습니다. 당혹스럽기도 하고, 조금 수치스럽기도 하고 여러 감정이 동시에 밀려옵니다. 그러나 어쩌겠습니까. 땀은 물론 이고 미세먼지까지, 찬물로 씻어야죠.

샤워라는 게 땀과 미세먼지와 같은 눈에 보이는 이물질을 씻어주는 과정이라고 한다면, 오늘과 같은 격한 운동, 즉 러닝, 축구와 같은 운동들은 묵힌 감정을 씻어냅니다. 좋은 감정, 좋지 못했던 감정 등 모든 감정이요. 잔잔한 운동들은 어떨까요. 씻겨나가지 못한 낯선 감정을 씻어내기엔 걷기와 같은 사색을 겸비할 수 있는 잔잔한 운동들이 특효입니다.

이런 운동 속성을 활용하여 저는 제 상태에 맞춰 운동을 고르는 편입니다. 문제는 감정이 고요할 때, 아무런 타격을 입지 않은 감정 상태일 땐 운동을 안 해버린다는 결론에 도달하게 되죠. 이러라고 만들어진 운동이 아닐 텐데.

어떤 것을 이루기 위한 운동이 아닌, 동기 그 자체로서의 운동을 실현하기 위해서 최근 축구회에 가입했습니다. 앞으로는 감정이 나를 컨트롤하기보다 내가 감정을 컨트롤할 수 있도록 설계해 보려고요. 그리고 그땐 꼭 따뜻한 물로 샤워할 수 있었으면 좋겠습니다. 보일러를 빨리 고치든가 해야지 이거 원.

(2022.02.23.)

나를 위한 선택

　삶은 선택의 연속으로 이뤄집니다. 일과가 끝난 피곤한 이 순간에도 사소한 선택의 고민을 이어가고 있습니다. 집에 갈 때 지하철을 탈까, 버스를 탈까. 혹은 집가서 병맥주를 마실까 캔맥주를 마실까 등.

　저는 열량 소모 없는 좀 더 쉬운 선택을 위해 기준이란 걸 만들어 놔요. 그 기준은 선택 시 발생할 수 있는 실패를 대비한 핑계를 만들어 놓기 위함이기도 하고요. 누구나 그러겠지만, 저 또한 나만의 인생 스토리를 만들어가고 있는데요. 만약 두 가지의 선택지가 눈앞에 놓인다면 '내 인생 스토리에 좋은 소스'가 될만한 대안들을 선택하곤 하죠. 말은 좀 쉬워 보이지만, 알잖아요. 친구, 가족과 함께 살아가는 인생에서 나만의 스토리를 만들어 가는 게 얼마나 힘든지. 그리고 그 선택을 하기 위해 얼마나 많이 원치 않은 요소들이 개입되는지. 이런 어려움이 있음에도 반드시 인생을 위한 선택을 이어나가 나만의 이야기를 만들고 싶습니다. 삶이 진행되는 동안만큼은 삶의 의미를 확정할 수 없다는 생각을 가지고 선택의 부담감은 잠시 내려놓고요.

(2022.03.02.)

치킨카레와 생맥주

 생맥주를 곁들인 치킨 카레가 유난히 먹고 싶은 그런 날이 있습니다. 치킨 카레만 먹으면 되는 걸 왜 자꾸 맥주를 곁들이느냐는 주위의 질문들이 많은데, 어쩌면 이미 맥주는 제 아이덴티티가 되어버린 것이 아닐까 하는 생각이 드네요.

 인프라가 조금 부족한 곳에서 지내다 보니 주말 대도시 외출 시 먹고픈 음식을 모조리 먹고 돌아와야 하지만, 이번 주말은 그 먹고 싶던 치킨 카레를 못 먹고 다시 돌아왔습니다. 이처럼 원하는 것을 얻지 못했을 때 그 간절함은 더 커집니다. 특히 저같이 우매한 인간은 있는 것 보단 없는 것을 위주로 추구하는 동물이기에, 지금 당장 없는 것을 지속해서 갈망하겠죠. 그리고 얻지 못한 것을 얻고자 노력하겠죠. 그런 의미에서 아마 맥주와 함께하는 치킨 카레, 아니 치킨 카레와 함께하는 생맥주는 먹을 수 있을 때까지 지속해서 떠올리고, 얻을 수 있을 때까지 노력할 것 같습니다.

 결핍은 오히려 인간을 풍요롭게 만듭니다. 단, 지독하디 지독한 결핍은 사람을 죽음에 이르게 할 것임을 잊지 말아야 합니다.

(2022.03.14.)

취미 : ⑲ 재미로 즐겨하는 일

어느 때보다 새로운 사람을 많이 만나는 요즘이다. '당신은 취미가 뭐예요?'라는 상대방의 질문에 말문이 막혀 그에 대한 답을 선뜻 내놓지 못한다. 그러고는 음악감상과 같은 생활기록부에 적을만한 뻔한 답을 건네고 만다. 또한 독서 또는 축구 등 지금은 꽤 멀리하고 있는 과거의 취미들을 늘어놓을 때면, 거짓말을 하고 있다는 일련의 죄책감이 몰려온다. 사실 근래에 즐기고 있는 취미는 '없다'. 없는 이유는 뭐 바쁜 일 때문인 것도 있고, 쉴 때면 잠자기 바쁜 것도 있고. 잠이 취미라면 취미겠네. '비빔밥에 계란후라이 두 개 올려 먹기', '인생 행복 회로 굴리기'와 같이 말도 안 되는 대답을 해버리며 웃어넘길까, 이런 어이없는 생각도 해본다. 근데 뭐 간단히 생각해 보니 친구들과 주위 사람들을 마주하는 것이 나의 취미더라. 극단적으로 스트레스를 많이 받는 사람인 내가, 이 정도의 스트레스만 받으며 이 험난한 세상을 살아가고 있다는 것 자체가 이를 증명하고 있는 게 아닐까. 삭막한 이 세상에서 기꺼이 나의 취미가 되어준 주변 지인들에게 지면을 통해 고맙단 말을 건네본다.

(2022.03.20.)

비가 와야 해!

'돈은 마치 제곱의 성질과 닮아, 재화의 과잉 보유는 제곱된 무게로 이어져 나의 어깨를 짓누를 것이다'. 우연히 정신 못 차리고 있었던 24살의 일기를 들춰보니 이런 문장이 쓰여 있더군요. 지금 생각해 보면 하라는 취업 준비도 안 하면서 뭐가 그리 당찼을까 웃음만 나옵니다.

최근 되는 일은 하나도 없고, 날씨마저 미세먼지로 읽을 수 없어지니, 힘이 축 처지는 상황 속에서 가끔 그런 상상을 해 봐요. 잠깐이라도 좋으니 저 당찬 시절로 돌아갈 수만 있다면 얼마나 좋을까, 하는 그런 상상.

따끔한 비가 내린다면 기분이 좀 나아질까요. 농작물을 위해서라도, 멘탈이 녹아 있는 정길군을 위해서라도 4월은 비가 필요합니다.

(2022.04.19.)

D+365

 유비, 관우, 장비가 결의를 맺었던 중국의 복숭아나무는 아니지만, 또 다른 복숭아나무 근처에서 이 회사와의 약속을 맺은 지 어느덧 1년의 세월이 지났습니다. 이 시점에서 '회사에서의 1년은 안녕했나요?'라는 질문을 스스로 던져봅니다. 의성에서 영덕으로, 영덕에서 다시 의성으로. 자칫 혼란을 주었을 수도 있는 공간의 변화는, 사실 제 안녕의 정도에 큰 영향을 주진 못했습니다. 그 원인은 아마 회사 구성원이 주는 안정감 때문이었으리라 추측하고 있습니다.

 잠시 이 회사의 장점을 말하자면, 회사 동료가 가장 친한 친구들이라는 점. 잠시 이 회사의 단점을 말하자면, 가장 친한 친구들이 회사 동료라는 점. 상극의 두 개념이 공존하는 이상, 적절한 취사선택이 필요해 보입니다. 다행히도 저는, 그리고 우리 회사는 아직 장점만을 취하는 중입니다. 하지만 언젠가 그 상황이 무너질 때가 분명히 있겠죠. 그럼에도 현명한 (제정신 아닌) 구성원들이 많은 집단이기에, 정신 나간 상황을 그 상황에 맞게 잘 헤쳐 나갈 수 있으리라 믿습니다.

말이 좀 길어졌네요. 마무리하자면, 1년 후에도 '사람이 만드는 힘'을 중시하는 이 회사의 구성원이었으면 좋겠습니다. (*2024년 현재, 다행히도 필자는 아직 재직 중인 상태다)

(2022.05.01.)

이방인

* "Aujourd'hui, maman est morte. Ou peut-être hier, je ne sais pas."의 알베르 까뮈 《이방인》과는 아무런 관련이 없는 글입니다.

거기서 무슨 일을 하며 지내느냐며 이곳에서의 삶을 궁금해 하시는 분들이 많던데요.

특별할 거 있나요. 그냥 일반 회사 다니면서 잘 지내고 있습니다. 더 깊게 설명하자면, 아무런 연고도 없는 이 지역에 긍정적인 영향을 끼치고자 이방인으로서 멋대로 살아가고 있습니다. 그렇게 살아가고 있습니다.

생각해 보면 연고가 있던 지역에서 살아갈 때도 그 지역 발전에 긍정적인 영향을 주며 살고 있진 않았던 것 같습니다. 오히려 다른 곳으로 이동하기 위해 노력만 하고 있었던 거 같은데, 외지로 대학을 가려던 학창시절에도 그랬고, 서울로 취업하려던 대학시절에도 그랬으니깐요.

'내가 나를 제일 잘 알고 있다'고 인지하며 살아가면서도, 가끔 이 결론의 모순을 발견할 때면 부끄러움에 빠지게 돼요.

남이 나를 더 잘 알고 있다거나. 마찬가지로 지역에서도 이방인이 멋대로 하게 두었을 때 비로소 나오는 표현이 있다고 생각합니다. 내지인이 하지 못하는 그런 표현 말이죠. 그 표현을 조금이라도 긍정적인 모습으로서 전하는 것이 지금 하고 있는 일입니다.

 저는 여기서 이런저런 일을 하며 잘 지내고 있습니다.

 "The Stranger, The Outsider, Foreigner"

(2022.05.03.)

더 울어버렷!

 퇴근길, 논에서 개구리들이 목소리 성량을 경쟁하듯 끊임없이 울어댑니다. 이번 달이 호국의 달이라서 이렇게 크게 우는 건 아닐 거고, 얘네들은 대체 왜 우는 걸까요.

 근데 이 개구리의 울음이 그리 낯설지만은 않습니다. 이전 글에도 언급한 적이 있었던 것 같은데, 어려서부터 청개구리라는 소리를 많이 들었거든요. 농번기에 들어서면 가끔 과한 개구리 소리 덕에 잠을 설치기도 하지만, 개구리 소리를 들으면 혼란스러웠던 하루의 근심이 녹아내리고 맙니다. 마치 고승의 규칙적인 새벽 목탁 소리를 들으면 묘하게 마음이 편해지는 그런 효과로 이해하시면 될 것 같습니다. 내 울음이 누군가를 긍정적인 방향으로 이끈다는 것. 정말 역설적이면서도 아름답지 않나요.

 요즘 주위에 눈물을 보이는 사람들이 종종 보입니다. 슬퍼서 우는 사람도 있고, 감동해서 우는 사람도, 남이 울기에 따라 우는 사람도. 그 울음의 의미가 어떻든 분명 그 울음은 본인과 주변을 긍정적으로 만들 것임을 믿어 의심치 않습니다. 울음 따위가 어떻게 긍정적인 영향을 낳냐고 묻는다면, 딱히 이유는 없습니다. 그냥 느낌이 그래요. 뭉쳐있던 무언가가 해소된다는 느낌이랄까. 또, 눈물 많은 사람 중에 나쁜 사람 잘 보지 못했거든요. 그 사람들은 결국 누군가에게 큰 도움을 주더군요.

(2022.06.24.)

7월

7월은 순서로는 분명 7번째에 있는 달임에도 '반기(半期)'라는 이상한 개념을 도입해 마치 새해의 첫달인 것처럼 여겨지는 특이한 달입니다. 공교롭게도 대한민국 제헌헌법이 제정된 달도 7월이기도 하고요.

저는 7월을 싫어합니다. 시기에 대해서는 좋고 싫음이 확실한 편이라서 당당하게 이야기할 수 있어요. 7월에 대해 반감이 심한 이유는 더위에 유독 약한 탓이기도 하지만, 위에서 말했듯이 7월은 늘 시작도 아닌 게 시작인 척 나를 쪼는 달이기 때문이죠. 학창 시절엔 여름 특강이니 뭐니 더위에 찌든 나를 채찍질하질 않나, 예전 회사에선 하반기 대비 워크숍이라는 핑계로 억지 술을 먹이질 않나. 물론 중간 정산의 개념으로 한 번 끊고 가는 게 필요하단 사실을 부정하고 싶진 않다만, '평가'라는 건 과업의 완성 후에 이뤄져야 하는 과정이라 생각했기에, '6월의 결과化', 혹은 '7월의 시작化'를 조금 불편하게 여겼던 것 같습니다.

우리에겐 '막판 스퍼트'라는 막강한 아이템이 있습니다. 이 아이템을 잘 쓴다면 때론 카트라이더의 부스터 아이템이 될 수도, 때론 자석 아이템 될 수도 있다는 사실을 명심하며 7월을 살아보려 합니다. 물론 잘 활용하지 못한다면 자폭 아이템이 될 수도 있지만요.

어찌 됐든 7월입니다. 남은 2022년, 지난 6개월간 이루지 못했던, 혹은 이루지 않고 있던 목표에 신속히 접근하겠다는 다짐하며 더위 먹은 일기를 마무리하겠습니다.

어랏, 뭐야 나도 반기 개념을 적용하고 있잖아..?

(2022.07.01.)

인간관계에 관한 잡념

　살다 보면 나도 모르게 끝나는 것들이 많습니다. 새해맞이 목표라든지, 욱해서 했던 다짐들 그리고 사소한 인간관계와 같은 것들. 나도 모르게 끝났다는 사실을 뒤늦게 알고서 깊은 아쉬움 때문에 자책할 때면 스스로가 그렇게 한심할 수가 없더라고요. 흔히들 지나간 일에 관해 아쉬워하지 말라는 말을 자주 하지만, 이건 의지박약의 문제라 여기고 있어 쉽게 아쉬워하지 않을 수 없습니다.

　아무리 생각해도 인간관계라는 영역은 정말 골때리는 개념 같습니다. 나도 모르게 끝나가는 관계가 너무 많네요. 딱히 지침과 같은 적정 기준이 없기에 나름대로 노력을 섞어 내 마음 가는 대로 해 버리지만, 끝나가는 관계를 첨삭 받을 수 있는 방법은 딱히 없어 보입니다. 생각을 이어가다 보면 끝내 '그냥 끝내버리자'라며 원론적인 결과에 도달하고 말고요. 오늘의 나와 내일의 나, 심지어 1분 전의 나와 지금의 나는 느끼는 감정이 다른데 어찌 매번 같은 상태로 상대방을 대할 수 있을까 싶고, 나의 상태를 고정한다고 쳐도 관계의 한 축인 상대방의 상태를 고정할 수도 없는 노릇이고. 난제에요.

 아마 그 잘난 방구석 철학자들이나, 행동하는 실학자들도 이 어려운 인간관계를 완벽히 정의하진 못했을 것입니다. 확신합 니다. 그러니 나도 그렇게 자책한다 한들 완벽히 정의할 순 없겠죠. '나도 모르게 끝나는 것'이라면 그냥 모른 체 하고 지나가는 게 정신 건강에 더 좋을 것 같다는 생각도 들곤 합 니다.

(2022.09.04.)

아프면 환자지,
그게 왜 청춘이냐

어느 때보다 습하고 더운 휴일 오후, 집 근처 동대구역 플랫폼에 서서 열차에 승하차 중인 승객들을 보고 있습니다. 그리고 '나 또한 저렇게 기차여행을 즐기던 때가 있었는데'라며 한계 없는 자유를 갈망하게 됩니다. 지금도 충분히 자유를 즐기고 있는 것 같은데, 인간은 만족을 모른다고 끝없는 자유를 갈망하게 되는 것 같아요.

어제 병원에서 경미한 디스크를 진단받았습니다. "조심하지 못하면 원하는 것을 하지 못할 것이다"라는 의사의 말은 평소에 아픈 것을 대수롭지 않게 여겨온 저에게 큰 충격을 안겨 줬습니다. 자유를 빼앗길 수도 있을 거란 두려움, 건강에 관한 경각심이 비로소 다가왔습니다. 어느 때보다 산책하기 좋은 가을에 아프면 더더욱 속상하지 않을까요.

이렇게 성숙해져 가나 봅니다.

(2022.10.01.)

겨울이란

 바빠진 일정 덕에 잠시 속세에 한눈을 판 사이, 언제 어떻게 닥칠지 모르는 모두의 안녕을 대비해야 하는 시기에 다가왔습니다. 최근, 국가적 차원의 사고로 인해 그 추위가 더 강하게 느껴지는 게 사실입니다. 저는 겨울의 도래가 그리 반갑진 않아요. 어느 정도냐면, 한겨울이면 다가오는 제 생일 또한 '굳이'라는 수식어를 붙이며 넘어가는 정도니까요. 기껏해야 맥주에 곁들일 만두의 높은 온도가 낯설지 않다는 점(?) 따위가 겨울을 마주한 나를 반갑게 하는 요인입니다. 가을이 그해의 작물을 수확하는 계절이라면 겨울은 수확물이 '나를 제외한' 모두에게 분배되는 계절이라 정의하고 싶기도 합니다. 그만큼 겨울은 곧, 늘, 나를 허하게 만드는 계절이었습니다. 아무 잘못 없이 패잔병이 되어버리는 느낌이 드는 그런 계절인 거죠.

 올해 겨울은 좀 다를까요. 부디 그랬으면 좋겠습니다.

(2022.12.07.)

잡(JOB)생각이 되어버린
잡생각

 연말이 되면 습관처럼 잡생각을 많이 한다. 연말에 주로 하는 잡생각이라고 한다면 '내가 잘하는 것'과 '내가 못 하는 것'의 분류, 혹은 '내가 좋아하는 것'과 '싫어하는 것'의 나열과 같은 쓸데없는 생각이 대부분을 차지한다. 올해는 뭔가 다를 거라 예상했지만, 역시나 이번 연말에도 잡생각을 피할 수 없어 보인다. 그러나 다른 때와 달리 잡생각을 구성하는 주제가 상당 부분 'job'생각으로 변했다는 특이점은 존재한다. 업무에 있어서, 어느 때보다 정신없이 앞으로 나아갔으나, 오히려 후퇴한 듯 느껴지는 이 찜찜함이 'job'생각을 하게 되는 주된 이유다.
 이번 주말, 그리고 다음 주말 달리는 기차를 타고 하염없이 창밖 풍경을 바라보며 잡념을 지우고 싶은 마음이 크지만, 그러면 돈이 많이 나가겠지? 그래서 집 밖으로 한 발짝도 안 나가고 책이나 읽기로 마음먹었다. 일 년을 무사히 마친 나에게, 그리고 어쩌다 보니 이글을 끝까지 읽어버린 당신 아무개에게 수고했다고, 말하고 싶다.

(2022.12.19.)

확신의 'e'

 날씨가 추워지면 본능적으로 나를 따뜻하게 만들어 줄 무언가를 찾기 위해 두리번거립니다. 가장 확실한 무언가는 늘 '사람'이었던 것 같아요.

 저에게는 매년 2회 정도 정기적으로 여행을 가는 모임이 있습니다. 이들을 만날 때면 유난히 활발했던 고등학생 때의 모습으로 변하면서 제 본성이 적극적인 '[1]e'에 가깝다는 걸 새삼 깨닫습니다.

 근데 무슨 이유 때문인지 한두 살 먹어갈수록 '[2]i'가 되어감을 느낍니다. 문제는, 원인을 정확히 모르겠다는 거죠. 사람들에게 받았던 약간의 상처들이 쌓여 나를 이렇게 만든 건가 싶기도 한데, 맞다고 한들 성격을 만들어가는 여러 요인 중 하나일 뿐일 겁니다. 확실한 건 학창 시절의 'e' 성향이 저와 더 잘 어울렸던 거 같아요. 졸업한 지가 10년이 다 되어가는데, 아직도 그때를 그리고 있는 거 보면 말이죠.

---

1) Extrversion(외향적 성격)
2) Introversion(내향적 성격)

누군가가 2023의 버킷리스트를 묻는다면 'e'성향의 나를 다시 찾아내는 여정을 성공적으로 마무리하겠다, 정도로 이야기 하겠습니다. 마치 루피가 원피스를 찾듯.

'e'성향의 인간이라.. 'e'nergy가 넘치는 사람이라든지, 'e'xercise를 더 즐기는 사람이라든지, 혹은 좀 더 많은 'e'xperience을 한다든지. 뭐든 좋습니다.

e성향의 저로 돌아오겠습니다.

(2022.12.24.)

장기적인 목표 설정에 관하여

'WATER RESIST 20BAR'

현재 제 눈앞에 보이는 손목시계 뒤편에 적힌 문구입니다. 무슨 특별한 의미가 있어 적어놓은 것은 아니고, 그냥 생각나는 글의 도입부가 없어 분량 때우기용으로 적어봤습니다.

최근 지인들끼리 목표에 관해 이야기를 나눴었습니다. 저는 그때 '잘 만들어진 펜'이 되고 싶다는 이상한 목표를 말했는데, 몇몇 지인들이 우스웠나봐요. 아니나 다를까 바로 '목표다운 목표를 세워라.'라는 깜찍한 질타를 받았습니다. 사실 목표를 세우는 게 자신이 없습니다. 정확히 말하자면 긴 호흡의 목표 설정을 멈추지 않고 실현하는 것이 자신이 없다고 표현하는 게 더 정확한 표현 같습니다. 아마 한 번도 제대로 이뤘던 적이 없어서 발생한 문제일 수도 있는데, 문제는 세웠었던 목표의 스케일이 그다지 크지 않았음에도 이루지 못했다는 점이에요. 새해가 시작된 지 며칠이나 됐다고, 호기롭게 다짐했던 몇 개의 것들이 무너지고 있는 걸 보아 올해도 틀렸다는 생각을 살짝 했지만, 아직 새해가 시작된 지 2주도 채 지나지도 않은 시점에서 이런 약한 생각하는 건 시기상조 같습니다. 문제를 마주했을 땐, 해결 방법을 찾아야 하기에, 저 나름의 결론을 내린 것이, '좋아하는 것을 목표로 삼자'였습니다. 하루에 팔굽혀펴기 100회 이상, 철봉 50회 이상과 같은 가학적인 이런 거 말고, '정말 즐기면서 할 수 있는 목표라면 혹시 이룰 수 있지 않을까'라고 말이죠.

'WATER RESIST 20BAR'의 의미를 받들어 20기압 정도의 외부 유혹에서 벗어나 2023년 이 목표만큼은 꼭 이루고 싶다는 아주 작은 소망을 해 봅니다. 22시가 넘어버렸어요. 잘 시간이 현저히 지났다는 뜻입니다.

(2023.01.11.)

Where에서 How로

 굳이 큰일을 겪지 않더라도, 다짐을 새로이 하는 순간이 있습니다. 반포를 지나 사평역을 벗어나 경부고속도로에 합류하는 그 순간, 고속버스 안에서 늘 하게 되는 다짐이 바로 그렇습니다.

 누구에게나 흠이 있기 마련이죠. 신의 속성을 지닌 예수가 아니라면 그 흠은 잠시 감출 수 있을언정, 영원히 감추긴 힘들 거예요. 그런 의미에서 '흠을 얼마나 잘 제어하는가'는 개인의 풍요로움을 결정하는 중요한 요인으로 작용하기도 합니다.

 서울에 올 때면 어린 시절부터 들었던 '말은 제주로, 사람은 서울로'라는 속담이 떠오릅니다. 높은 빌딩과 많은 인프라, 그리고 버거킹과 널린 피자가게 등의 서울. 아마 제가 졸업 후 잠시 서울에서 일했던 것도 그 속담이 크게 작용했으리라 예상합니다.

 지방으로 내려가는 고속버스 안에선 '어떻게 하면 지방 사람으로서의 흠(欠)을 감출 수 있을까?' 고민하게 되는데요. 다행히도 이내 그 고민은 하나의 다짐으로 바뀝니다. 출발 후 경부고속도로에 합류하는 15분 사이, 벌써 고민이 다짐으로 바뀌었다는 건 어쩌면 그건 그리 큰 고민거리도 아니었던 것 같아요. 서울에 살지 않는다는 흠($欠$)이 고작 흠,,, 정도의 고민이었달까.

영덕이든 의성이든 온양이든, 혹은 그놈의 파워풀 대구든, 그냥 내 모습에 멋을 좀 얹어서 살아갈 수 있는 곳에서 살아가려고요. 언젠 그렇게 안 살았느냐며 새삼스럽게 묻는다면 어쩔 수 없지만. 아 그리고, 말은 제주로, 사람은 서울로 가야 한다면, 저는 그냥 중간에 서 있는 반인반수 하겠습니다. 그 모습이 마치 켄타로우스 같아 웅장해 보이긴 하겠군요. 좋습니다.

(2023.02.12.)

9년 전 2월

 누구에게나 돌아가기 싫은 시기가 있다. 나에게 있어서 군
복무 시절이 바로 그런 시기이다. 그 시기 중에서도 병장을
막 달았던 9년 전 2월은 '그나마' 숨통을 트일 수 있었던 시
기로 기억된다.

 지금으로부터 9년 전 봄, 병장 계급을 처음 달고 휴가를 나
와 나름 거금(?)의 풋살화를 구매했었다. 그 당시 군인 월급이
약 12만 원 선이었으니 거의 1달 월급을 꼬박 때려 박았던
기억이라 아주 선명히 기억 속에 남아 있다. 당시 병장 정도
되어야 사제 축구화를 편하게 쓸 수 있었던 폐습이 존재했던
터라 풋살화 구매의 기억은 곧, '군대에서의 봄을 맞이했다'
정도로 여길 수 있는 하나의 증표였다.
 군시절 요긴하게 쓰였던 풋살화였지만, 안타깝게도 전역 후
축구(풋살)를 할 기회가 거의 없었다. 그렇게 새것처럼 여겨지
던 축구화가 최근 영덕에 와 다시 축구하기 시작하면서 사용
되기 시작됐고, 열심히 1년 정도 쓰려진 풋살화가 2월 현재,
새 상품 구매가 요구되는 상태에 이르렀다.

이런 스토리에 의해 9년 만에 구매한 풋살화는 아무 연결점도 없을 것만 같았던 9년 전 2월과의 연결고리가 되었다. 세상 모든 사소한 일도 늘 소중히 여겨야 한다는 선인들의 교훈이 갑자기 확 와닿는다.

아참, 9년 전 봄, 이토록 풋살화를 새로 구매한 기억이 선명한 것은 단지 수입 대비 비싼 가격 때문만은 아니다. '사람은 향기로 어떤 상황을 기억한다'는 문구를 어디선가 본 것 같은데, 9년이 지난 지금도 풋살화를 손에 들고 봄이 오는 향기를 맡으면, 풋살화를 가지고 부대에 복귀하던 그 시절 봄이 아직도 생생하게 떠오른다.

만약 9년 전 2월로 돌아간다고 하더라도,, 응 뭐라고? 안 돌아간다.

(2023.02.20.)

원더풀 라이프

 하루가 고단할 때면 잠들기 전 내가 가장 편안했던 순간을 떠올립니다.

 그 순간은 꼭 임팩트가 있었거나 특별했던 순간은 아니에요. 실내화 가방 무릎으로 차고 다니던 초등학생 시절, 104동 앞 놀이터에 누워 흘러가는 구름을 멍하니 지켜보던 그런 사소한 기억이죠. 왜 집에 안 들어가고 혼자 누워있었는지, 주변에 친구는 왜 아무도 없었는지, 앞뒤 사정은 아무것도 기억나지 않지만, 그럼에도 문득 그 순간만큼은 선명하게 떠올라요. 만약 내가 고레에다 히로카즈의 영화 〈원더풀 라이프〉의 주인공이 되었다면, 아마 그 순간을 재현해달라 말할 거 같기도 하네요.

 나이가 먹었기에 지금 이 순간 아무 놀이터에 청승맞게 누워있지 못하는 게 조금 아쉽습니다. 말이 나온 김에 그 아쉬움을 조금이라도 달래고자 이번 주말 괜히 동네에 한번 가봐야겠어요. 그 모래들은 여전한지, 혹시나 그 흘러가던 구름은 여전히 잘 흘러가고 있는지.

지금 나의 104동 앞 놀이터는 어디일까요. 분명 주변에 있을 건데 익숙함에 속아 그저 놓치고 있는 것 같아 조금 불안합니다. 부디 이번에는 일찍이 알아챌 수 있기를 고대하며, 다시 의식주라는 원초적 흐름에 맞춘 쳇바퀴로 들어가 보겠습니다. 안녕.

(2023.03.30.)

각자의 새벽

새벽 4시 7분, 듣도 보도 못한 괴이한 시간에 눈이 자주 떠집니다.

'a는 b처럼, b는 c과정을 거쳐 d가 되니까, 그렇게 해야겠다!' 어느 때보다 이성적이고 차분한 판단으로 내일 일에 관한 결정을 내린 후, 잠에 다시 들곤 합니다. 이 행동들이 본인의 수명을 얼마나 깎아 먹는지도 모른 채 말이죠. 새벽의 기운을 끌어들인 판단 덕에 부족한 업무 능력으로도 가까스로 연명해 오고 있는 지난 4년, 어느새 이 새벽의 치트키마저 피로란 악재 덕에 고갈되어 가고 있습니다.

경제학용어 중에 아웃퍼폼이라는 단어가 있습니다. 주식 전문가들이 'A 주식상품'의 수익 상승률을 높게 평가하는 것을 말하는데요. 언제나 겸손은 미덕이란 말로 포장하며 욕심 없이 살아오는 척하지만, 사회생활을 한 이래로 늘 서정길이란 상품이 노동력 시장에서 아웃퍼폼으로 평가되길 원하고 있습니다.

새벽에 깨서 다음 날 일에 대해 생각하는 행동은 아마 사회에서 가치를 높이기 위한 나만의 생존 방식일 거 같아요. 그러나 이제는 지속을 위해서라도 조금 바뀌어야 할 때 아닐까 싶습니다. 이 방식을 바꾸든, 아웃퍼폼을 바라지 않든 간에,

　질풍노도의 시기, 머리와 감정의 복잡함을 달래줬던 경북대 도서관 구관 3층 구석 자리가 문득 그립습니다.

(2023.04.02.)

무명(無名)

 다양한 사람들과 술자리를 가질 때면 상대방의 주사를 보는 재미가 쏠쏠합니다. 폭력적이거나 성적인 그런 범죄성 주사는 본 이야기에서 제하겠습니다.

 가까운 지인분들은 아마 잘 아시겠지만, 저에게는 술자리로부터 도망가는 주사가 있습니다. 평균 취침 시간 23시가 넘어가면 그 주사는 더욱 빛을 내곤 합니다. 사실 남들이 잘 알지 못하는 숨겨진 주사가 몇 개 더 있습니다. 그중 하나가 '메모장에 그날의 생각을 끄적이고 자는 습관'인데, 음주량이 많거나 혹은 그날 컨디션이 좋지 않은 날이면 메모장에 알 수 없는 메모들이 적혀있는 것들을 확인할 수가 있습니다. 몽유병 같기도 하고 조금 무섭네요. 그렇다고 필름이 끊기고 그 정돈 아니고요.

 요 며칠 전에도 흥미로운 텍스트가 적혀 있었는데 되새길만한 가치가 있는 것 같아 긁어왔습니다.

〈5월 13일〉

길이 막히더라도 기다린다면 혹은 잠시 국도로 나가 우회한다면 결국 언젠가 내가 목표했던 방향에 도달하기 마련입니다. 그 길만이 정답은 아니니까요. 그 아무리 GPS에 기반을 둔 내비게이션일지라도 모든 상황에 대처하지 못할 텐데, 요즘 나는 너무 내비게이션에 의존하려 했던 게 아닌가 우려스럽습니다.

대체 저 날 어떤 일이 있었는지 감조차 잡히지 않습니다. '서울에서의 운전 중 원인 모를 일 때문에 도로가 막혔었고, 결국 내비게이션이 인도한 길이 아닌 딴 길로 우회하니 긍정적인 결과를 얻었나?' 정도로 추측하고 있긴 하다만.

어떤 목적을 가지고 썼는지 알 수 없는 저따위 글에 감히 '무명(無名)의 글'이라 명명하고 싶습니다. 언제, 어떤 목적을 가지고, 누구를 향해 쓴 글인지도 짐작할 수 없는 그런 '무명(無名)의 글'. '무명(無名)'이라는 단어가 뭔가 멋지지 않나요. 아마 김춘수 시인이었다면 꽃이라고 명명했겠지만, 저는 그냥 정길 씨이기에 그냥 무명(無名)으로 놔두고 싶습니다.

사람들이 흔히 '유명(有名)'을 추구하다 보면 유명을 수식하기 위한 노력이 더해집니다. 그 과정에서는 나답지 않은 것들이 가미될 것이고요. 또한, 거기에 다른 사람의 니즈까지 첨

가되기도 하겠죠. '무명(無名)'이란 단어가 유난히 더 값지고 흥미롭게 다가오는 이유는 바로 그 자체로 오리지널이기 때문일 거예요. 마블링 없는 그런 순수 목적이랄까.

　마침 요즘 '유명(有名)'을 위해 점차 세속적이길 추구하는 나 자신을 마주했는데, 그래서 그런지 술 먹고 끄적인 무명(無名)의 글이 이처럼 반가울 수가 없습니다. 가끔은 이렇게 무명(無名)을 즐기겠습니다. 그 수단이 꼭 글이 아니더라도요.

(2023.05.23.)

샵(#)으로 보는 요즘 상태

#1

허지웅을 좋아합니다. 그래서 틈날 때마다 그와 관련된 미디어들을 들여다보곤 하는데요. 어떤 이유 때문인진 몰라도 문득, 간만에 허지웅 에세이 《버티는 삶에 관하여》를 다시 펼쳐봐야겠다는 욕구가 생겨났습니다. 정말 좋은 책입니다. 삶이 공허하다고 느끼는 지인들에게 많이 추천하는 책이기도 하고요.

#2

방안 에어컨 온도가 점점 내려가는 걸 보아하니 어김없이 엿같은 여름이 찾아왔음을 뼈저리게 느낍니다. 사무실을 벗어나 야외에 나갈 일이 늘고 있는데, 이는 여름을 싫어하는 저로선 여간 큰일이 아닐 수 없어요. 날씨만 뜨거워지면 좋으련만. 날씨 덕에 감정까지 뜨거워지는 경향이 있어서..

시기가 시기인지라 밖으로 많이 나돌아다닙니다. 사회의 구성원, 그리고 그 다양한 사람들 사이에서 나는 '가장 작은 사람'이라 정신을 차리지 않으면 휩쓸려 버릴 것만 같은 그런 기분이 자주 듭니다. 안 그래도 뜨거운 감정, 더 뜨거워지는 원인입니다. 아마 모두가 이런 감정을 느끼겠죠? 학창 시절엔 정말 쉽게 봤던 사회였는데, 쉽지 않아요. 역시. 사회에서 도태되지 않도록 지속해서 방법을 찾는 데 힘을 쏟아야 할 타이밍 같습니다.

(2023.06.03.)

아무말 대잔치

더운 날씨 탓에 집 앞 공터의 풀이 우거집니다. 풀 자라나는 속도가 어휴. 이렇게 우거진 풀을 가만히 바라보고 있는 요즘 의 저는요. 일도 잘 안 풀리고, 독감으로 코도 잘 안 풀리고, 그 와중에 일은 늘 풀인데, 풀까지 죽어 매우 고립된 상태에 처해 있습니다. 조용한 카페에서 책을 읽었던 적이 언제였는 지, 아무 생각 없이 영화를 봤던 건 언제의 경험인지조차 까 먹었었지만, 안구에 습기가 차니 비로소 어렴풋이 그때가 떠 오릅니다. 그래, 떠오르자. 그러기 위해선 일단 눈앞에 있는 것부터 해결하고, 그다음 상황을 고민해야겠죠. 내 앞에 있는 것도 잘 해결 못 하면서 무슨.

뜬금없지만, 요즘 유튜브를 시작했어요. 편집할 때만큼은 잠 시 일상에서 벗어나는 듯하여 기분이 좀 나아집니다. 밥 먹으 면서 한 번씩 봐주세요. 굳이 구독은 안 하셔도 돼요. 그냥 혼 자가 된 기분일 때 한 번씩 봐주신다면, 그걸로 충분합니다.

(2023.07.17.)

번아웃.txt

 쿨한 척, 도태되지 않은 척 살아오는 데엔 자신 있다고 말해 왔었는데, 몇 가지 기쁨, 다시 말해 그것을 지탱해 왔던 몇 가지 장치만큼은 누구에게도 빼앗기지 않으려 발버둥 쳐왔던 노력이 한순간에 물거품이 되자 무섭게도 '번아웃'이 찾아왔습니다. 숱한 부상으로 운동을 잃고, 눈살 찌푸려지는 추함으로 사람을 잃기 시작할 때부터였나.

 상온에서 전원공급 없이도 움직일 수 있는 초전도 현상을 발견했다기에 혹시 번아웃인 내 몸을 일으켜줄까 부지런히 달려가 봤지만, 이 역시 전기가 잘 통할 수 있는 초전도체 형태가 오롯이 존재해야 한다더군요. 힘이 쭉 빠집니다. 여름의 이 온도는 늘 그래 왔듯이 힘을 더 빼앗아 가는 중이고요.

 그렇습니다. 의심할 여지 없이 번아웃입니다. 8월 목표는 번아웃으로부터의 탈출입니다.

(2023.08.02.)

무제(無題)

 사람마다 특별한 감정이 생길 때 꺼내 듣는 음악이 한두 개
씩 있기 마련입니다. 저한테도 물론 그런 음악이 있겠죠.
 지금은 반 예능인으로 활동하고 있는 윤종신은 사실 우리나
라 레전드 음악가라고 해도 손색이 없습니다. 11집을 마지막
으로 '월간윤종신'이란 새로운 음악적 시도를 보이기 시작했
고, '좋니', '나이' 등의 명곡들을 보란 듯이 만들어냅니다. 이
처럼 '월간윤종신' 때의 음악들도 모두 매력이 있는 음악들이
지만, 저에게는 올드스쿨 감성, 그러니까 정규앨범 형태의 것
들을 더 끌려 했던 것 같아요.

 한때, 흔히 '명반'이라고 불리는 오프라인 앨범을 온라인 중
고 시장이나 지하철 지하상가에서 발견하는 취미를 가졌었는
데요. 그때 윤종신의 8집 《헤어진 사람들을 위한 지침서》,
11집 《동네한바퀴》 앨범을 구매했던 기억이 납니다. 그중
11집의 9번 트랙, 〈무감각〉은 단언컨대 가히 명곡입니다. 제
가 임진모가 아니기에 명곡인 이유에 관해선 일목요연하게 설
명하진 못하겠지만, 우리가 모두 한 번쯤은 겪었을, 혹은 겪

는 그리고 겪을 감정을 적나라하게 묘사한 가사들이 묘하게 나를 위로해 주나 봐요.

혼자가 되고 싶거나, 혼자라고 느끼거나, 혼자여야만 하거나, '혼자'라는 주어가 나에게 적용될 때 저는 〈무감각〉을 꺼내 듣습니다. 이렇게 하루에 한 곡 정도, 그날의 감정에 맞춰서 본인에게 선물하는 습관을 들이는 것도 꽤 낭만적인 자기 위로 방식 같아요.

그러니까 혼자라고 맥주만 쑤셔 넣지 말고.

(2023.08.11.)

일기라고 쓰고,
잡념이라 말한다1

#500/35

심리적 안정감을 위해 내게 '집'은 필수조건이었던 게 분명하다. 귀촌 후 3년간 지인 집, 회사 숙소 등을 전전하며 돌아다녔더니 나도 모르게 묘한 가라앉지 않는 정체 모를 불안감이 내 안에 쌓이기 시작하더라. 뭐, 결과적으로 지금은 생각보다 상당한 심리적 안정감을 느끼고 있으니 다행이지만.

구옥이다. 구옥 중에서도 구옥이다. 짱구 시리즈를 보다면 '와르르맨숀'이라 번역된 빌라가 한 채 나오는데, 그 급이다. 그러나 넓고, 구옥 나름의 감성이 있다. 베란다도 있어서, 해가 드는 아래서 빨래를 말릴 수 있다. 방 또한 3개라 공간 분리가 가능한 점이 매력으로 다가온다. 지인들이 급습하더라도 도망갈 방도 있고.

월세다. 월세라는 단어에서 드는 압박감이 있다. 그러나 여긴 도시에 비해 현저히 낮은 비용이다. 21평에 이 정도 가격이라니. 이 정도면 혹여나 연식이 50년이 넘었더라도 살아야 한다. 100년도 더 된 한옥을 찾아 재끼는 게 요즘인데, 50년이 무슨 대수인가. 아, 그렇다고 연식이 50년이 됐다는 말은 아니다. 뭐 한 30년 됐으려나. 전입신고를 했다는 소식을 마지막으로 나의 빌라론(論)을 마치려고 한다.

#어느_라디오

마지막이라고 하니까, 허지웅 쇼가 어제 자를 끝으로 마지막을 맞이한 게 떠오른다. 이전 일기에서도 몇 번 언급했지만, 나는 제주 생활 중 허지웅 쇼의 1회를 우연히 듣게 된 이후로 허지웅이란 사람을 늘 이상향으로 삼아왔다.

우연히 제주 남원읍으로 가는 시내버스 안에서 1회를 듣게 되었었는데, 그 시절의 제주 생활은 결정적으로 시골에서의 삶을 결정하게 되는 경험이었다는 점에서, 그리고 어느덧 시골 생활 3년이나 되어버린 이 시점에서 허지웅 쇼가 끝난다는 점에서 이 라디오 프로그램 종영은 나의 기분을 묘하게 만든다. 한 시대의 목차가 끝나버린 느낌이랄까. 그래도 허지웅 쇼가 종영을 맞이한 것에 있어서 한가지 긍정적인 점은 허지웅의 작가로서의 모습을 더 자주 보게 될 것 같다는 기대감이 생겼다는 것? 본디 좋은 출판사 만나서 좋은 책을 만들어주길 기대해 본다. 당신에겐 소설보단 에세이가 어울린다고.

#결혼

친구들과 만나면 가장 많이 나누는 이야기는 '결혼'이다. 때가 됐나 보다. 아니다, 나는 아직 멀었다.

(2023.10.18.)

꿈을
잊, 잃, 입, 읽, 잇다

지금보다 더 외골수였던 고교생 시절, 꿈을 묻는 학교가 왜 그리 싫었던지. 장래 희망을 적는 칸엔 온통 본심과는 동떨어진 대답들로만 가득했다. 국회의원이라든지, 아산시장이라든지. 사실 명확한 꿈이 없었으니 딱히 동떨어진 대답은 아닌 것처럼 보이지만 하여튼.

#1 꿈을 잊고 살아간다.

대학 진학 후, 남들처럼 꿈을 하나 가지고 싶었다. 마치 사치품이나 된 것처럼, 그 꿈에 상처 하나 내지 않으려 4년간 고이 간직하며 살아갔다. 상처가 날지언정 조금 꺼내서 잘 돌봤어야 했는데, 노느라 그러지 못했다. 그렇게 4년간 꺼내 돌보지도 못하고 그대로 흘려보낸 첫 꿈, 생각해 보니 꿈이 아닌 가지고 싶던 직업이었더라. 잠시 안도의 한숨을 내쉬곤, 그 이후로 얼마간 꿈을 잊고 살아갔다. 사회라는 벽을 마주한 탓에 말이다.

#2 꿈을 잃고 살아간다.

있지도 않은 꿈을 잃어버리는 모순적인 상황에 마주하게 된 건 졸업 후 얼마 지나지 않아서였다. 분명 나에게도 꿈이라고 불리는 작은 종자가 나도 모르는 자리에 있던 것만 같았는데, 3년간의 직장생활 덕에 무언가가 '0'에 수렴하다 보니 그전과 비교가 되더라. 그리고 이전에 나도 꿈이라는 게 있었다는 게 증명이 되더라. 모든 것이 공허했거든. 그리고 의욕이 없었거든. 고교 시절부터 없었다고 생각했던 꿈이란 게 사실 존재했었을 수도 있었겠다, 생각이 든 건 아마 이쯤이었던 것 같다.

#3 꿈을 입고 살아간다.

장소를 옮겨봤다. 조금 먼 거리로 옮겼는데, 옮긴 그곳은 친구들끼리 눈감고 지도를 찍는 장난을 칠 때나 가리킬 수 있는 곳이기에 상당히 신선하게 다가왔다. 그때 만난 모든 사람도 덩달아 신선했다. 그들은 모두 선명한 꿈을 각기 지니고 있었다. 꿈을 입고 살아가는 자들의 얼굴에는 생기가 돌았고, 얼핏 보면 붕붕 떠다니는 모습처럼 보이기도 했다. 물론 그 생기가 나에게 꿈을 입혀주진 않았다. 왜냐면 묘한 쪼가 있었거든.

#4 꿈을 읽고 살아간다.

장소를 옮기고 어찌어찌 살아가는 동안 정말 많은 타인을 만나고 소통했다. 살아오는 동안 만났던 이들과는 달리, 일로서 접근하는 이들이었기에 진심을 담지 않으면 티가 날 우려가 있어 마음을 다하는 척, 아니 진심으로 소통했다. 그것도 술을 먹으면서. 술은 뭐다? 꿈 이야기다. 남들의 꿈을 주야장천 읽었던 2년이었다. 정작 내 꿈을 읽지도 읽히려 하지도 않았던 2년이기도 했다.

#5 꿈을 잇고 살아간다

아직 꿈은 없다. 주변이나 혹은 운이 좋아 닿은 언론사에서 '꿈이 뭐예요?'와 같은 부류의 질문을 받으면 '월요일이 기다려지는 일요일, 아침이 기다려지는 저녁 만들기' 정도로 둘러대고 있는데, 사실 직장인에게 그런 꿈이 어딨겠는가. 그저 행복한 삶이 꿈이라고 한다면, 어제 느낀 '약간의 행복'과 오늘 느낄 '약간의 행복'을 잇고, 그 연결점에서 내일의 행복을 만들어내는 게 내가 지금 가질 수 있는 유일한 꿈일 것이다. 곧, 꿈을 잇는 삶, 그게 꿈이지.

뭐 어떤가. 거창하게 살고자 태어난 것도 아닌데 말이야.

(2023.11.09.)

아무도 안 물어본
대학수학능력시험 썰

또 수능이란다. 매년 수능 때면 나름의 응원 메시지를 일기 형식으로 적어냈던 것 같은데, 정작 나의 수능 날에 관해서는 남긴 적이 없는 것 같더라. 기억이 가물가물해지기 전에 지금이라도 기억이 나는 부분에 관해 서술하고자 한다. 《잃어버린 시간을 찾아서》를 적은 프루스트가 '경험에 합당한 언어를 부여하라'라고 하지 않았는가. 참고로 생긴 건 이래도 나 또한 수능시험을 성실히 응시했다는 사실을 미리 알린다.

#1 배경
최저 등급조차 필요 없는 1차 수시합격생이었다. 사실 미리 붙었던 대학들이 생각보다 괜찮은 곳이었기에 '수능? 그냥 할인증 받아서 영화나 싸게 보자' 심정으로 고사장으로 향했던 것 같다.

지금도 있는 것 같던데, 우리 때도 수능 전날 미리 수험장에 방문하게끔 오전 수업만 진행했었다. 우연하게도 수능 시험장이 내가 재학 중인 학교였고, 굳이…?. 그래서 향한 곳은 지금 연기자로 활동하고 있는 친구 성우의 집이었다. 재규라는 친구와 셋이 그 당시 한창 유행이던 피파온라인을 하고 있으니, 운이 좋게도 일찍 퇴근하신 성우 아버지의 구수한 욕을 들을 수 있었다. "니들 수능 전날 여기서 뭐하는겨~"

#2 전날 오후

피파온라인을 실컷 즐기고 집으로 돌아가는 길, 찜찜한 마음을 감추지 못해 동네 서점에 들렀다. 형제서점이라고, 11년이 지난 아직도 그 공기를 간직한 채 머물러 있는 곳인데. 하여튼, 내가 쳤던 수능은 외국어의 경우 EBS 연계라는 이슈가 있었던 해라, 혹시 몰라. EBS라고 적힌 모든 외국어 수험서의 답지를 소설 읽듯이 속독했다. 두어 시간 읽고 나니 배가 고픈걸? 집으로 돌아갔고 그 뒤로의 기억은 가물가물하다.

#3 기상

아마 잠을 설쳤던 걸로 기억한다. 물론 공부 때문은 아니고. 그 당시 연락하던 친구가 있었던 걸로 사료되는데, 누군지는 모르겠다. '잘 치라고' 정도의 안부를 묻고 잠자리에 들었는데. 문제는 기상해 보니 아침밥을 차려줄 엄마가 집에 없었다는 것이다. '아들, 엄마 정문에서 기다리고 있을게'. 밥상 위에 놓여있던 쪽지는 수능을 가볍게 생각하고 있던 나에게 약간의 긴장을 던져주었다. 물론, 약간이다.

#4 등교

경남파라고 불리는 친구들과 함께 걸어서 학교 정문에 도착했고, 멀리 정문 앞에서 커피를 나눠주고 있는 엄마의 모습이 보였다. 생각해 보니 나는 전교 부회장이라는 직책을 가지고 있더라. 맞벌이였기에 부모님의 학교 방문을 최소화로 부탁했던 터라, '그래도 마지막은 학교에 가봐야 정길이의 기가 살지 않겠나?'며 학교에 가서 봉사했던 거더라. 그 당시 엄마의 모습을 떠올리면 미안함과 고마움이 공존한다. 여담이지만, 쭉 직장생활을 하셨음에도 엄마로서의 본분을 다하려고 한 엄마는 정말 '좋은 엄마'였던 것 같다.

등교 이슈는 이게 끝이 아니다. 오히려 수능 시험 당시보다 등교에서의 이슈가 더 많은 것 같기도 하다. 대명문 온양고엔 수능 날 후배들이 응원해 주는 문화가 존재한다. 아직도 존재하는진 모르겠지만, 그 당시 후배들이 나와 북을 쳐줬던 기억이 난다. 아는 후배들이 나와서 흥을 돋워주니 춤을 안 출 수가. 아니나 다를까, 안전 통제를 하고 있던 학생부 선생님, 천경석 쌤한테 까불지 말라며 한 대 맞았던 기억이 있다. 훗날 안 사실이지만, 학생부 천경석 쌤은 내가 입실한 후 엄마한테 와서 '정길이 정말 잘 키웠다며' 말해줬다고 한다. 그럼 때리지나 말지..

#5 수능

별 기억이 없다. 1교시에 1학년 때 담임이었던 쌤이 수능 감독을 봤던 일과, 점심시간에 축구하고 외국어 시간에 땀 흘리면서 주변 사람에게 피해를 준 사실. 아! 그리고 생각보다 수리 영역을 잘 봤다. 이건 최저 등급이 필요했던 타 대학으로의 진학을 할 수 있었던 토대가 된다.

그게 다. 주의가 산만하여 정말 힘들었었던 기억이 난다.

#6 하교

제2외국어는 안 쳤다. 탐구마저 4개였던 시대였는데, 탐구까지 쳤으면 어후. 그대로 PC방으로 향했다. PC방에서 가채점을 진행하던 나에게 욕을 퍼붓던 친구들의 입 모양이 아직도 꿈자리에 나온다. 그리고 PC방 앞 원주통닭으로 향했던 것. 그게 내 수능 날의 마지막 기억이다.

수능은 '얼마나 고등학교를 성실히 다녔는가'의 척도로 보는 경향이 있다. 수시를 건드리는 학교를 나와서 그 척도에 완전히 동의는 못 하지만, 그래도 어느 정도 수긍하는 면이 있기도 하다. 그러나 성실의 척도가 높다고 하여 으스댈 거 까진 없을 것 같고, 결국 더 나은 삶을 만드는 선도력을 갖기 위해서는 '인생에서의 고득점'을 만들 수 있어야 하는데, 이 '인생에서의 고득점'은 수능에서의 높은 득점이 아닌 각자가 자신 있는 척도에서의 고득점을 뜻하는 것으로 생각한다. 그런 면

에서 그 시절 나의 두려움 없는 '깡끼'는 남들과 비견해도 부
끄럽지 않은 고득점을 기록하지 않았을까 생각한다.

그 결과, 나는 아직도 밥 세 끼 굶지 않고 '잘' 살아가고 있
다.

(2023.11.16.)

반려목

허름한 빌라 4층 우리 집에 새 식구가 찾아왔다. 고무나무라고. 추운 날씨 덕에 느슨해진 최근 내 정신상태에 따스함 한 스푼을 안겨준 나의 첫 반려 생물이다. 기가 막힌 이름을 하나 지어줄까 하다가, 뭔가 남사스러워 그냥 '고무나무'라고 부르기로 했다. 이름이 뭐 중요한가.

어디서 싹을 틔웠는지, 싹을 튼 지 얼마나 됐는지 알 겨를은 없다. 그저 건강한 상태로 스마트 스토어에 판매되고 있더라. 어찌 됐든 자취 경력 10년 만에 처음 생긴 가족이라 기분이 생소하다.

이 녀석, 집에 온 지 며칠이 채 되지 않았는데, 괜히 신경이 쓰인다. 처음 사들일 때 적혀 있던 '생육 적정 온도 16~28도, 적정한 습도'를 유지하라는 문구 때문이다. 본래 겨울이라도 샤워 이외엔 보일러를 틀지 않는 편인데, 이놈 때문에 안 틀던 보일러를 틀기 시작했다. 또한 소형 가습기도 종종 트는 청승맞은 내 모습을 자주 노출하고 있다. 이 이야기를 지인들에게 말하니, '오히려 좋네'라며 긍정적인 반응을 보인다. 늘

냉골에서 생활하는 내가 은근히 걱정됐던 모양이다. 아니면 찬물로 샤워하는 내가 꼴 사나웠다던가.

 언젠가부터 우리 사회에서 '애완'이란 용어를 함께한다는 의미의 '반려'라는 단어로 치환하여 사용하고 있던데, 이 고무나무 녀석 덕분에 '반려'의 가치를 아주 작게나마 그리고 간접적으로나마 느끼고 있다. 아직 직접적으로 느끼진 못하고..
 상당히 기르기 쉬운 식물로 알려진 이 고무나무를 '일찍이 저세상으로 보내지 않는 것', 조심스럽게 1차 목표로 삼아본다. 이 친구를 잘 살려보겠다. 아니, 이 친구와 잘살아 보겠다. '초록이 동색'이라고, 혹시 이 초록색 녀석을 닮아 내 인생도 덩달아 초록색으로 덮일지도 모르니까..! 반려자(?)가 된 '고무나무'라는 녀석과 거창한 언약식 같은 건 따로 하지 않겠다.

 그러나 축의는 언제나 환영한다.
 서정길/신한/110-354-446107

(2023.11.18.)

일기라고 쓰고,
잡념이라 말한다2

#1

베란다에 앉아 밖을 보며 뜨거운 코코아를 마시는 것. 조금 더 넓은 집으로 이사하면 꼭 해보고 싶었던 꼴값이었는데, 지금은 눈을 뜨면 가장 먼저 하는 루틴이 되어버렸다. 이렇게 하니까 그렇게 싫었던 아침이 드디어 기다려지네! 늘 짜증 났던 시간 속에 기분 좋은 장치를 하나 마련해 놓길 잘했다.

#2

유시민 작가의 〈항소이유서〉는 마르크스의 《자본론》, 혹은 루스 베네딕트의 《국화와 칼》과 함께 정외과 학생들에게 필독서처럼 여겨지는 글이다. 영화 〈서울의 봄〉이 성행 중이라길래 오랜만에 이 글을 다시 들여다봤는데 언제 봐도 감탄사가 절로 나온다. 깊게 들어가면 글의 완성도가 타 서적에 비해 뛰어나다고는 말할 수 없지만, 그 시기에, 그 나이에 그런 긴 글을 '퇴고 없이' 써 내려갔다는 사실이 믿기지 않는다. 하나로 굳어진 마음도 수백 번 수천 번 퇴고하는 내 모습과 너무 비교되기도 하고. 《항소이유서》 중 '슬픔도 노여움도 없이 살아가는 자는 조국을 사랑하지 않는다'라는 문장은 그 당시엔 읽히지 않았던 문장이었는데, 이번에는 뭐랄까. 조금 굵은 글씨로 다가온다. 시기 탓인가.

#3

아무리 봐도 치킨은 참으로 고도화된 프로세스를 거친 결과물임이 틀림없다. 적절한 닭의 크기 선정, 적절한 튀김옷 구성, 적절한 튀김 온도 설정, 그리고 튀김에 어울리는 양념 배합까지. 이 과정에서 '더 바삭하게' 튀겨진 닭튀김을 위해선 숙련공의 경험도 필요하겠지. 그렇게 요리사의 뇌 속에만 그려진 라인생산 과정을 거쳐 배달 과정을 통과하면 다양한 변수를 뚫은 고도화된 '치킨'이 우리 앞에 나타난다. 좋은 상품은 불확실한 미래를 대비하기 위해 타제품과의 호환성까지 고려하여 만들어지는데, 그런 의미에서 맥주, 콜라 심지어 햇반까지 꽂을 수 있도록 인터페이스를 구성한 '치킨'은 좋은 상품임을 부정할 수 없다. 이걸 우린 흔히 명품이라 부르는가.

예상치 못한 변수에 부딪히며 살아가는 인간도 결국 고도화된 프로세스를 거친 결과물임을 증명하기 위해선 '치킨'처럼 불확실한 미래에 대비하는 호환성을 늘 갖추고 살아가야 한다는 교훈을 얻긴 뭘 얻어. 치킨 먹고 싶다.

(2023.11.26.)

일기라고 쓰고,
잡념이라 말한다3

#1

이불 밖으로 나오기 힘든 걸 보니 겨울이 온 게 확실하다. 분명 가을이 안 왔는데. 가을은 대체 어디 간 건데.

계절이 스킵 되다 보니 계절마다 할당된 감정의 영역도 부자연스럽게 스킵 된 것만 같다. 그래서 그런지 내 감정 상태는 아직 겨울을 맞을 준비가 안 됐고. 무리해서 두 계단씩 오르면 허벅지에 괜한 알이 생기듯, 무리해서 역전하려 하면 다음 날 앓아눕듯, 가을 감정의 스킵은 다가오는 겨울을 더 춥게 만드는 이유가 되지 않을까. 와 같은 진지하고도 감성적인 일기를 술도 안 먹고 쓰고 앉아있노라니 좀이 상당히 쑤신다.

#2

2년 전에 구매했던 코트를 저번 주말이 되어서야 처음 입었다. 택도 지난주에 처음 떼어버렸지 아마. 떨어진 자존감을 일으키기 위한 임시방편이었는데, 효과가 있었는진 잘 모르겠고.

다 떠나서, 지금 혹은 오늘의 나를 가꾸지 않는다는 건, 매일 내 가장 아름다운 시기를 놓치고 있는 거란 생각이 들더라. 꾸밀 수 있을 때 꾸며야겠다. 추리닝 다 태워버려. 비싼 건 말고.

#3

케이크가 달콤한 이유를 나열해 보자면, 첫 번째, 설탕 혹은 그의 단맛을 대체한 대체품을 많이 넣었기 때문일 거고, 두 번째 과일과 같은 상대적으로 새콤한 요소를 올려놓음으로써 단맛이 더 증폭되었기 때문일 거고. 마지막으로는 평소 쓰디쓴 것들만 먹어왔기 때문일 수도 있는 거고.

추측건대 올해 크리스마스 케이크는 유독 달아 당뇨가 올 수도 있을 것 같아 케이크는 안 먹는 걸로.

(2023.12.06.)

일기라고 쓰고,
잡념이라 말한다4

#1

평생 노력해도 이 대상만큼은 다다를 수 없을 거란 생각이 들 때가 있다. 이건 자존감의 영역이 아니라 타고난 재능의 문제랄까. 나에게 있어서 아름다운 문장을 써 내려가는 사람이 그러하다. 작가로 등단한 사람뿐만 아니라, 주위를 둘러보면 간단한 일기를 적더라도 내가 평생 노력해도 쓰지 못할 것 같은 문장을 사용하는 사람을 볼 수 있는데, 이런 사람에게 매력을 느끼는 걸 보면 역시 내가 가지지 못한 것을 가진 자에게 끌린다는 말이 맞나 보다. 아, 이성으로 끌린다는 의미로 받아들이지 말고 그냥 매력을 느낀다고. 오해하겠다.

#2

서른쯤이었나. 정치, 사회문제와 같은 거시적 문제를 고민하며 밤낮 스트레스를 받던 과거에서 벗어났던 시점. 시사인 잡지 정기구독을 취소한 그 시점부터 해당 부분의 스트레스로부터 해소가 되긴 했어도 뭐랄까, 조금의 죄를 짓고 있는 듯한 기분으로부터는 벗어날 수 없었다. 그런 의미에서 〈서울의 봄〉 관람은 잘한 선택이었다. 어느 영화보다 어른들이 많이 관람했던 것 같은데, 아마 같이 봤던 어른들도 나와 비슷한 마음에서 관람하셨겠다고 생각해본다.

그건 그렇고, 이렇게 왔다 갔다 하는 사람들이 많은 어수선한 분위기 속에서 영화 관람한 것도 오랜만이네.

#3

이상한 친구들이 있다. 이들은 몸이 멀어지면 마음이 멀어지는 당연한 순리를 한참 벗어난 듯하다. 요 몇 년간 카톡방이 하루도 쉰 적이 없는 이상한 모임. 고3, 독서실로 걸어가며 장난스럽게 만들었던 '작은' 무리가 어느덧 상투를 튼 자들이 하나둘 생기기 시작하면서 꽤나 대가리 '큰' 무리로 변해가는 중이다.

예로부터 '나이 들어감'과 '커지는 것', 비슷해 보이는 두 요소를 '결혼'이란 속성으로 구분해 왔던 것 같은데, 비로소 그 이유를 알 것 같다. 상투를 튼 친구들은 어딘가 모를 아우라가 느껴진달까. 는 개뿔. 모이니까 옛날과 똑같더구먼. 오히려 더 해. 최근 빨리 어른이 되고 싶어 결혼에 조급해했는데, 당분간 결혼 생각 잠시 미뤄도 되겠다.

(2023.12.11.)

142

일기라고 쓰고,
잡념이라 말한다5

#1

생방송 출연 경험을 또 언제 해보겠나. 꾸밈과 재구성이 기본이 되는 것이 방송 아니었던가. 모든 방송사가 일편적 정보만 전달하며 관영 언론화 되어가는 이 시점에서, 내가 나오는 장면만큼은 꾸밈없이 보여주고자 했는데. 혹시 몰라 시청자를 고려하여 선크림을 좀 짙게 발랐더니 누군가로부터 혈색 안 좋냐는 질문이 바로 들어오더라. 뭐, 다 떠나서 특별한 경험이었다, 그리고 특이한 경험이었다. 참고로 난 힘들 때도 늘 혈색만큼은 좋았다.

#2

"지식을 쌓기 위해선 가공된 정보를 흘러넘치게 담아야 한대요. 아주 흘러넘치게 많이" 가까웠던 친구가 말했던 수많은 문장 중에 가장 기억에 남았던 문장. '자연스럽게 흘러가려는 것을 잡고 있는 것만큼 스트레스받는 건 없다'와 같이 '흐른다'의 용례는 늘 부정적인 의미만 담고 있는 줄 알고 살아오던 중 듣게 된 반가운 '흐른다'의 긍정적 용례였다.

언젠가 처할 모든 상황에도 긍·부정의 양면적 용례가 있음을 가정하고, 상황을 직시한 순간 긍정적인 상황으로 느낄 수 있도록 가공된 정보를 흘러넘치게 담아야겠다고 다짐한 순간이기도 하다.

그나저나, 그 친구는 나에게 정말 좋은 이야기를 많이 해줬었구나.

#3

늘 느끼는 건데, 맥주 한잔하고 일기를 쓰는 건 너무나도 큰 곤욕이다. 10시 넘으니까 너무 졸려.

(2023.12.12.)

일기라고 쓰고,
잡념이라 말한다6

#1

극심한 식곤증에 시달리는 점심시간, 그림을 그려보기로 했다. 초상권이 염려돼 급한 대로 머릿속으로 내 면상을 상상하며 시작하려는데, 솔직히 말해 얼굴이 잘 떠오르지 않는다. 원체 거울을 잘 보지 않으니 이거 원. 안 그래도 자기 객관화에 어려움을 겪는 중이라 그런지 조금 당황스럽다.

'초록 모자'와 같은 대표 아이템을 입혀보면 좀 더 나다워보이지 않을까.하여 얹었더니, 생각보다 나와 닮아있어 만족스럽다. 이목구비가 없어도 묘하게 나와 비슷해 보인다. 이래서 본인만의 아이템이 중요하다고 하는 건가.

#2

그런 생각을 문득 해본다. 구매하고 소비하고 뽐내는 이유가 남들에게 나의 개성을 보여주기 위함이라면, 과연 과한 아이템이 필요할까. 이건 뭐 옷과 같은 물품에만 국한되는 이야기는 아니고. 본인을 나타내는 데 적정량 이상의 많은 것들을 보여주고 증명해야 할 필요가 있을까,라는 이야기다.

이목구비 다 걷어내고 초록 모자 하나 쓰고 있어도 나인 줄 아는 것처럼, 어쩌면 우리는 필요 이상의 것을 남들에게 보여주고 증명하고자 많은 시간과 노력을 들이고 있다고 생각하게 된다. 미니멀리즘이 주목받고 있는 것도 아마 이 때문일 거라고.

#3

그림 그리는 거, 은근히 재밌네요. 당분간 좀 자주 그리겠습니다. 꼬우면 그림 좀 알려주던가.

(2023.12.13.)

일기라고 쓰고,
잡념이라 말한다7

#1

간혹 TV나 지류를 통해 애절하디애절한 자선단체의 기부 호소 광고를 접하곤 한다. 어디서 그런 스토리를 가지고 오는지. 실제로 적혀있는 계좌번호로 송금한 적도 몇 번 있던 거 같고.

'희망을 주세요. 희망을 위해 도움이 필요합니다'. 내 도움이 필요한 건 인정하겠단 말이야, 하지만 애초에 희망없이도 살 수 있는 사회를 만드는 걸 목표로 삼는 게 더 나을 거 같은데. 맞잖아. 그런데 이상하게도 사람들은 전자와 같은 작은 영역의 광고에는 측은지심이 극대화되어 동정으로 반응하지만, 후자를 주장하면 빨갱이란다. 잘은 모르지만, 아무래도 빨갱이란 사람은 참 멋진 사람인가보다.

#2

조금의 수오지심도 느끼지 못하는 나라님의 뉴스를 보며 상큼한 아침을 마주하는 루틴이 생긴 지 어언 2년이 다 되어간다. 세월 흐르는 속도 보소.

#3

아주 갬성 뿜뿜한 와르르맨션에서 사는 중이다. 안방에 앉아 책을 읽다 보면 옆집 소리가 건너올 때가 간혹 있는데, 그런데 완전히 고요한 것 보다 책이 잘 읽히지, 뭐야. 이걸 백색소음이라 하나. 예전에 어떤 문학평론가가 그러던데, 아무것도 없는 말끔한 마당보다, 빗질 자국이 있는 마당이 더 깔끔해 보인다고. 너무 좋은 문장이라 그날 이후로 머릿속에 각인해 놓고 살아간다. 만약 어딘가에 예상치 못한 상처가 생기면 문장을 좀 스윽 꺼내 쓰게. 상처 있는 게 더 아름다울 수도 있으니.

(2023.12.14.)

일기라고 쓰고,
잡념이라 말한다8

#1

대학 마지막 기말고사였나. 끝난 다음 날 새벽, 무궁화호를 타고 강원도 동해시로 향했던 기억이 난다. 마지막 학기엔 성적 신경 잘 안 쓰잖아... 그치..? 나만 그런가..

지금은 없어졌다고 하던데 동대구에서 묵호로 향하는 노선의 소요 시간은 꽤 길었던 걸로 기억한다. 자다 깨서 한참이나 멍때리다 무언가에 끌린 듯 봉화군 인근에 즉흥적으로 하차하게 됐다. 졸업을 앞뒀음에도 확실한 미래를 보지 못해 답답했던 시기, 그보다 큰 두려움이 없었던 탓일까. 막차가 언제인지, 어떻게 대구로 돌아갈 수 있을지 생각조차 하지 않고 내려버렸다.

#2

나무들이 베어나갔다. 베어진 나무의 흔적과 언제 베어질지 모르는 남아있는 나무들로 구성된 동네, 벌목 산지 봉화의 첫 모습이었다. 기후변화와 나무의 관계는 잘 알지 못하니까 패

스하고, 결국 사회에 쓸모 있는 재료이기에 많은 나무가 베어
지나 싶더라.

#3

한참 이곳저곳을 걷다 벌목할 가치조차 없어 베이지지 않고
남아있던 나무들을 바라보곤 생각에 잠겨버렸다. 어떤 작가의
말처럼 오래된 나무는 쓸모가 없지만, 그 쓸모없음이 자신의
가장 큰 쓸모로서 궁극적으로 오랫동안 본인의 삶을 영위할
수 있게 만든다고. 마음이 놓였다.

(2023.12.15.)

일기라고 쓰고,
잡념이라 말한다9

#1

불안정한 자세 덕에 거북목이 되어버렸다. 그러고 보니 왜 거북목이지, 거북이랑 가까운 사람이 명명했나. 자라목이라고 불러도 될 거 같은데. 혹은 개불목이나. 어감이 좀 그런가 이건. 학창 시절 치트키로 먹히던 '먼저 찜한 사람이 임자' 논리가 언어에도 적용되나 보다.

근데 난 왜 계속 땡길인데.. 정길이 먼저 만들어졌는데도..

#2

운전 중, 조수석에 앉아있던 친구에게 물었다.

-"너는 어떻게 스트레스를 해소하는 편이야?".

-"스트레스 안겨주는 걸 놓아버리면 없어지던데".

맞는 말이다. 원인을 없애버리는 게 가장 좋은 해소 방법이거늘. 눈 가리고 아웅하고 있으니 해소될 일이 있나.

그래서 놓아버린 너의 첫 직장, 퇴사 축하한다 영찬아.

#3

자꾸 일기를 '#'으로 나눠 쓰는 이유에 관해서 묻는 지인들이 있는데,

첫째는 길이의 제약을 받는 인스타그램 플랫폼 때문이고,

둘째는 길게 쓸 필력이 되지 못하기 때문이고,

셋째는 말하고 싶은 주제가 많기 때문이고,

마지막으로는 말하고 싶은 주제에 대해 길게 쓸 만큼 깊이 고민하지 못해서이니 그냥 읽어주세요.

#4

인생 첫 오케스트라를 무사 관람하고 나오는 길이다. 감동보단 묘한 자격지심이 느껴지더라. 어렸을 때부터 이런 문화를 가까이 접했더라면 내 삶은 조금 달라졌을까.

사실 비슷했을 거 같아.

(2023.12.16.)

일기라고 쓰고,
잡념이라 말한다10

#1

평소 어두운 걸 좋아해서 늘 커튼을 치고 산다. 서울이 나에게 유독 쓸쓸한 감정으로 남아있는 것도 아마 이 영향이 없지 않아 있는 것 같은데, 물론 그도 그럴 것이 항상 암막 100% 검은색 커튼을 치고 살았으니. 생각해 보면 30cm 앞에 벽이 있어서 굳이 커튼을 안 치더라도 빛이 안 들어왔는데 뭘 그리 유난을 떨었나 싶다.

지금도 집에 있을 때면 늘 커튼을 치고 있는 편이다. 암막 정도를 낮춘 흰색 커튼을 사용 중이라는 건 끊임없이 자신과 타협한 결과로 볼 수 있겠지.

사실 지금 있는 여긴, 보고 싶지 않은 게 없다.

#2

예전에 비해 리터러시 능력이 현저히 떨어졌음을 느낀다. 무엇을 읽어도 글자가 종이와 분리되어 시야 밖으로 흩어지는 기분이랄까. 원래 난독증이 조금 있었다곤 하지만, 이 정돈 아니였는데. 조급함을 느껴, 읽고 쓰는 시간을 늘리곤 있는 중이다. 그러나 별반 차이를 느끼진 못하겠고. 어쩌면 타인과의 의사소통을 줄임에서 오는 결함일 수도..! 2024년 목표.. 타인과의 의사소통..메모..

#3

'목숨 걸고 ~하겠습니다' 식의 화법은 아직도 이해할 수가 없다. 목숨은 왜 걸어 대체.

장난조로 가끔 튀어나오는 것과는 별개로, 본인은 추호도 어떤 일에 목숨까지 걸 생각이 없다. 그런 생각을 해본 적도 없고.

(2023.12.18.)

일기라고 쓰고,
잡념이라 말한다11

#1

흥미를 일찍 잃는 편이 단점이라면 단점이다. 노래도 오래 못 듣고, 취미도 그리 오래 쥐고 있지 않고. 공부할 때 또한 이점이 늘 발목을 잡았던 것 같다.

그럼에도 약간의 탄내와 약간의 습기가 어우러진 냄새를 맡으며 퇴근하는 이 길은 언제 걸어도 질리지 않아.

#2

흥미를 일찍 갖는 편이 장점이라면 장점이다. 좋아하는 노래도 쉽게 찾는 편이고, 취미도 쉽게 흥미를 느끼는 편이고. 공부할 때 또한 쉽게 흥미를 느껴 공부에 투자한 시간 대비 성적이 잘 나왔던 것 같다.

그래서 약간의 탄내와 약간의 습기가 어우러진 냄새를 지닌 이 동네에 조금 일찍 정을 붙였던 것 같아.

(2023.12.19.)

일기라고 쓰고,
잡념이라 말한다12

#1

처음의 그 자리를 고독히 지키고 있던 고무나무는 며칠 새 못 본 사이 훌쩍 자라있었다. 최근에 딴 곳에 정신이 팔려 관심을 못 줘서 미안했는데, 다행히도(?) 임마는 굳이 주인 관심이 필요하지 않은 녀석인가보다.

집 베란다가 동쪽을 바라보고 있는 터라 이 친구는 부득이하게 오전만 햇볕 마사지를 받는 중이다. 문제는 잎의 일부가 다른 일부보다 햇볕을 더 받아버리는 바람에 성장 불균형을 보인다는 점인데, 뭐 성장이 느리다고 성장이 멈춘 게 아니란 생각에 그냥 두고 보는 중이다. 성장이 느리다고 성장이 멈춘 게 아니다다.. 이 녀석은 내가 아는 특이한 마을의 모습과 닮아 있어서 그런지 괜히 반갑네.

#2

최근에서야 알게 된 루시(Lucy)라는 밴드. 오호, 밴드에 바이올린이 있네? 예상치 못한 세션에 상당한 매력을 느껴버렸다..! 사람도 그렇잖아. 상대방으로부터 예상치 못한 매력을 발견하면 더 호감이 가는 거, 그런 거 있잖아. 매력 발산과는 한 발짝, 아니 두 발짝 거리를 두며 살아가고 있는 나라도 예상치 못한 매력 하나 정돈 마련해 두고 살아가야 하지 않을까. 그래야 밥벌이는 하고 살 수 있지 않을까. 크리스마스를 일주일 정도 앞두니, 비로소 그런 생각이 든다. 미리미리 마련해 둘걸.

(2023.12.21.)

추위에 대하여

#1

춥다. 춥다. 춥다. 춥다 세 번이면 설인(雪人)도 면하게 될까 봐 혹시나 하여 목 놓아 불러봤는데 그래도 춥다. 이런 날 잘 못 싸돌아 다니면 분명 나는 설인이 되고야 말 것이다. 그러리라 믿어 의심치 않는다. 한겨울에 태어난 내가 춥다고 하면 진짜 추운 거다.

#2

예상치 못한 일정으로 인한 당일치기 서울행. 서울의 날씨는 그냥 '개' 춥더라. 서울에서의 기억이 유독 추웠던 건 감정이 추워서가 아니었다. 그냥 동네가 추운 동네였기에 추웠던 거더라. 오해했다. 그렇다면 지금 영덕에서의 생활이 따뜻한 건 그냥 진짜 따뜻한 동네였기에 따뜻한 걸 수도 있겠네.

*간혹 영덕을 엄청난 산골로 여겨 엄동설한에 살고 있다고 착각하는 사람이 종종 있는데, 한국 지리에서는 바다를 끼고 있는 지역, 특히 동해안은 겨울철 온도가 내륙보다 높다고 서술

하고 있다. 눈도 잘 안 오고.

　명확한 하나는 오늘만큼은 어디든 다 춥다. 추위라는 건 마음 먹기에 달리고 말고 할 게 아니다.

　#3

　톨스토이는 "나는 사랑으로 내가 이해하는 모든 것들을 이해한다"고 말했다. 충분히 공감하고 지지하고 응원하고 마음속에 새겨놓겠는데 말이야, 낭만 있고 감성 있고 호빵이 유독 맛있는 그런 사랑스러운 겨울이라도 이 정도 추위는 도저히 이해가 안 된다. 말도 안 된다. 이해할 수 없다. 이해하기 싫다. 미안하다 톨스토이.

　#4

　많은 사람이 스쳐 지나가는 충정로 한복판에 서서 생각과 사색의 차이를 정의해본다. 생각은 현재 그 상태, 즉 일회성에 그치는 단기적 현상을 말한다면, 사색은 단기적 현상을 장기적으로 보전하기 위해 개인의 철학으로 만들어가는 과정이라고 생각하긴 무슨 추워 뒈지겠구먼. 오늘은 그런 날이다.

(2023.12.21.)

이상한 인터뷰

Q1. 경제적 자유를 획득했을 때, 당신이 기꺼이 즐기며 할 수 있는 일?

A. 여기서 말하는 '일'이 직업을 이야기하는 거라면, 작은 서점에 공간대여도 해주는 그런 복합적인 공간을 운영하고 싶다. 유명하진 않더라도 담백한 느낌의 작가들을 불러서 작가 간담회도 운영하고, 조그마한 커뮤니티도 운영하며 좋은 사람들과 좋은 이야기를 나누는. 그러나 이건 위의 질문처럼 경제적 자유를 획득했을 때 이야기다.

Q2. 잘하는 일이 좋아하는 일로 연결됐던 순간이 있나요? 사소한 거라도 괜찮습니다. 지금 하는 일과 관련이 없어도 괜찮고요.

A. 잘하는 게 없어서.. 기억을 한참 거슬러 올라가면, 어린 시절부터 공간 감각 능력(?) 같은 건 조금 있었던 것 같다. 장난스럽게 독도법에 능했다고 말하기도 하는데, 내비게이션이 보편화가 안 됐던 시절, 온양에서 밀양에 자리한 할머니댁까지 아버지 차를 타고 가며 늘 운전석 뒷자리에 꽂혀있던 지도를 들여다봤었다. 주변 지나가는 풍경과 지도를 번갈아

보며 긴 여행의 지루함을 달랬던 기억이 있다. 아마 지도가 눈에 잘 들어왔었으니까 그랬겠지. 잘함이 좋아함이 되었고, 그 결과 학창 시절 지리 과목 성적이 나쁘지 않았던 기억이 난다. 당연히 수능 사탐에선 3지리(한국/세계/경제지리)를 선택했고. (요즘은 사탐 2과목만 본다고 하던데. 우리땐 4과목..) 지금 내 삶에서 전공이 미치는 영향이 미미하단 걸 미리 알았다면 지리학과를 선택했을 것 같다.

Q3. 당신의 인생에서 가장 뜨겁게 몰입해 봤던 순간을 언젠가요? 시간이 흐르는 줄 모르고, 배가 고픈 줄도 모를 때.

A. 일기 쓸 때..? 아는 사람은 알겠지만, 나는 주의가 정말 산만하다. 깨어있는 내내 마음이 상기되어 있어 감정의 변화 폭도 크고, 당연히 뭐 하나에 집중하기도 어려운 성격이다. 성격에도 모양이 있었다면 아마 별 모양에 가깝지 않았을까. 요즘 매일 일기를 쓰려고 노력하고 있다. 신기하게도 일기를 쓸 때면 몰입한 나를 만난다. 정말 시간이 가는 줄도 모르고, 저녁 식사를 걸렀는지도 모르겠고. 어색한 내 모습에 당황스럽기도 하지만, 그래도 오랜만에 재밌는 취미를 만난 듯하다.

(2023.12.24.)

일기라고 쓰고,
잡념이라 말한다13

#1

　어떤 것보다 동적인 과정을 통해 만들어지지만, 어떤 전달 매체보다 정적인 모습을 보이는 탓에 정적인 자들의 전유물로 오해받는 게 글쓰기다. 내가 종종 끄적이는 일기가 감히 글쓰기라고 불려도 되는 건지, 일기를 훔쳐보는 누군가가 코웃음 치는 건 아닐지, 그거까진 이번 텍스트에선 고려하지 않겠다.

　'네가 많이 우울하구나!' 이런 오해를 자주 받는다. 일기는 그날의 생각을 정리하기 위해 쓰는 것이며, 일기 쓰기에 게을리하지 않기 위해 일기장으로서 SNS를 활용하는 것뿐인데, 그렇게 비치고 있다니. 근데 그도 그럴 것이 한 시간 전만 해도 사석에서 그렇게 깐족대던 친구가 집에 들어가자마자 #그러하다 에 잠식되어 정색을 하고 앉아 있으니. 결론적으로 일기 쓰는 것과 우울함은 전혀 다른 영역이란 걸 말하고 싶다. 술자리에서 술 뺄 때 우울한 척하며 뺀 적은 많지만, 원체 잘 우울해하지도 않고. 나는 자고 일어나면 다 해결되더라.

　아, 특수하게 이어진 올해 8-11월, 내면의 불안과 투쟁하며 고

유한 서사를 만들어냈던 4개월간의 우울은 예외로 하고 싶다.

PS. 특수한 경우가 아니고서야 우울할 땐 펜을 들지 않는다. 일기는 자고로 재미가 있어야 하는데, 그게 잘 안될 수도 있으니.

#2

크리스마스 연휴에 더럽게 할 게 없더라. 종교인이 아니어서 그렇다는 핑계를 대볼까도 했지만, 지인 SNS를 보고 나니 자신이 너무 구차해져 도로 넣어놨다. 그래서 대신 꺼낸 것이 묵혀둔 에세이. 집에 그런 책들 한 권씩 있잖아. '언제, 어디서 샀는지도' 모르는 그런 책들. 묵혀둔 이유에 대해 잠시 설명이 필요할 거 같은데, 전생에 수렵민족이었는지 혹여나 겨우내 엄청난 폭설로 집안에 갇혀버릴까 도시에 나가면 다량의 책을 충동 구매해 오는 편이다. 결국 명작들을 책장에 묵혀둔 건 독서 속도가 책 구매 속도를 감당하지 못해 벌어진 참극 정도로 여기면 될 듯하다.

태안 앞바다에서 고려시대 목선 속 보물을 만났을 때도 바로 이런 기분이었을까. 묵혀뒀던 에세이에서 8-11월 우울의 원인이 되었던 고민의 답을 쉽게 얻어버렸다. 풀릴 거 같지 않던 고민이 우연히 만난 것들에 의해 아주 쉽게 풀려버렸다.

PS. 아주 무해했던 크리스마스 연휴였다. 그러니까 자꾸 뭐 했냐고 물어보지 말라고. 한 거 없으니까.

(2023.12.25.)

일기라고 쓰고,
잡념이라 말한다14

#1

직진보다 돌아가는 것이 오히려 본질에 더 가깝게, 그리고 더 명확하게 접근할 때도 있는 법이다. 직접적으로 말하기 어려워 되려 수식어에 수식어를 연결하여 붙이는 충청도 화법처럼, 더 정확한 언어의 사용으로 판결의 혼란을 벗어나고자 문장의 호흡이 3~4줄이 되어버린 판례처럼, 여러 번 생각을 거쳐 말하느라 남들보다 더디게 말을 전하는 사람처럼, 더 가깝게 접근하기 위해 직진보단 돌아가는 방식을 택하는 존재들이 있다. 한때 답답하고 복잡하다 여길 때도 있었다면, 지금은 가장 멋지다고 생각하는 것들이다.

#2

펜 놀이를 일삼는 뉴스를 증오하여 잘 들여다보지 않는다고 몇 번의 일기에서 언급했던 것 같은데, 얼핏 인터넷을 보다 보니 어느 당은 비대위, 즉 비상대책위원회가 또 생겼더라. 상당히 잦은 비상이다. 민생이 비상인지, 공천권이 비상인지 알 겨를은 없지만.

혹시 여기서 말하는 비상이 높이 날아오른다는 뜻의 비상(飛上)은 아닐까도 생각해 보지만, 대책위원회와 같은 접미어가 있으니 또 그건 아닌 것 같고. 지들같은 B급들을 칭할 때 나름대로 존중의 의미를 담아 스스로 B상이라고 부르는 건 더더욱 아니겠고.

어, 이건 맞을 수도 있겠는데..!

#3

펜 놀이를 일삼는 뉴스를 증오하여 잘 들여다보지 않는다고 한 것이 무안하게도 금일 또 다른 영역의 기사를 발견해 버렸다.

어쩌다 하게 된 복수전공. 귀한 복수전공 학점 중 무려 12학점이나 쏟게 했던, 이성적인 눈물의 의미를 알려주신 한 교수님께서 최근 한 정당의 자문위원이 되셨단다. 잘 알진 못해도, 적어도 그 정당은 누군가의 눈물을 외면하진 않겠구나. 그런 생각이 문득 들더라.

(2023.12.27.)

2023년을 마무리하며

 동해안으로 향하는 차들이 줄을 잇는다. 나에게 오늘은 그저 디트로이트가 토론토를 잡고 28연패를 마감한 날에 불과한데..

 그러나 마지막을 즐기는 그들의 행렬을 결코 다르게 보거나 이해가 안 가는 시선으로 바라보고 있진 않다. 연속성과 단절 & 시작, 단순히 1년을 읽는 방법의 차이가 있는 것에 불과하다는 걸, 나에게도 맺고 끊음이 필요했던 한해였기에 이제는 잘 알게 됐으니.

"고개 들고 새해 맞이할 수 있다."

 잠시 디트로이트 얘기를 좀 해보자. 배드보이즈 1, 2기로 본인들의 색을 보여주던 디트로이트가 28연패라니. 근데 사실 내가 농구에 관심을 가진 후엔 줄곧 탱킹만 일삼는 팀이었기에 28연패가 그리 놀랍지만은 않다. 아이제아 토마스, 천시 빌럽스 이런 애들은 NBA 역사서에서나 봤던 이름이고. 그래도 1월 1일 전에 연패를 끊었다는 점은 고무적이다. 아니 동질감이 느껴져 감동스럽기까지 하다. 이 친구들도 나처럼 필사적으로 2023년과의 맺고 끊음이 필요했던 게 분명하다. 이런 디트로이트 모습이 대견해 케이드 커닝햄 같은 친구에게 떡국이라도 대접하고 싶은 마음이 굴뚝같지만, 한국의 볶은 소고기 고명과 참기름 맛에 매료돼 버리면 또 한국에 정착한다고 징징댈 수도 있으니, 굳이 그렇게까지 하지는 않겠다.

2024년에 작은 다짐이 있다면 감정, 기분 그리고 인간관계 등 스트레스로 치환되어 나를 조여오는 모든 것에 있어서, 하루하루가 말일이듯 즉각적으로 맺고 끊음을 행하겠다는 것이다. 날짜와 같은 공적인 시스템에 의존할 게 아니라 나 스스로가 맺고 끊을 줄 안다면, 날마다 새해와 같은 기분으로 살 수 있지 않을까. 매일이 새해면 나이가 금방 먹겠는걸?

인간의 욕심인가. 나는 벌써 아삭한 복숭아를 먹을 수 있는 여름을 기다린다. 이럴 때만 진보적이지.

PS. 제 태몽이 복숭아라고 해요. 그렇게 예쁜 복숭아를 처음 봤다나. 그래서 얼굴이 복숭아처럼 탱그래져 가는 것 같기도 합니다.

(2023.12.31.)

어이없는 음악 일기

#1 Bee Gees - Wind Of Change

비지스 행님들. 몇 알지 못하는 영국인 중 가장 좋아하는. 아름다운 음악을 뽑아냈던 멋진 행님들. 비지스 노래를 컬러링으로 설정해 놓은 것도 이 때문이고.

지루할 것만 같은 학창 시절 등굣길에선 의외로 할 게 많았다. 동네 친구들과 시답잖은 잡담을 나눈다든지, 전날 배운 태권도 품새를 되새긴다든지, 짝사랑했던 학급 친구와의 대화를 떠올려 본다든지. 어쩌면 짧았던 등교 시간은 어린 나를 더 선명하게 과정이었을 지도 모른다. 지금 떠올리면 좀 이상한 놈으로 보이지만, 그중 가장 많이 했던 행동은 뺨에 닿는 바람 방향의 변화를 느껴보는 것. 그저, 자고 일어났을 뿐인데 방향이 변해버리는 바람이 신기했다. 미리 바람의 방향을 알 수 있었다면 등굣길을 바꿔서 돌아갈 수도 있었을 거 같은데. 근데 그게 생각보다 쉬운 게 아니었다.

나는 어른이 되면 그때보다 풍향의 변화를 잘 느낄 수 있을 줄 알았다. 미묘한 변화에도 섬세하게 반응하게 될 줄 알았다. 나이를 먹으니, 반응은 익어갔지만, 오히려 행동은 익어가는 반응을 따라가지 못하고 둔해지더라. 어릴 때보다 더.

Bee Gees의 〈Wind Of Change〉는 나이가 들어갈수록 더 선명하게 들린다. 혹시 수익이 생겨나면서 스피커의 품질 또한 좋아진 탓일까. 그러면 조금 씁쓸한데.

#2 Chuck berry - You Never Can Tell

지인이 본인 장례식에 프랭크 시나트라의 My Way를 틀어 달란다. 워낙 다양한 소재를 가지고 말하는 친구라 그 이야기 또한 대충 듣고 넘겼는데, 이게 뭐람. 인간은 참 간사한 게, 생각해 본 적 없는 주제를 들으면 그거에 대해 꼭 생각해 본다니까.

Chuck berry의 〈You Never Can Tell〉. 생각의 결과였다. 어릴 때 타란티노 감독의 〈펄프 픽션〉에서 듣곤 줄곧 내 플레이리스트에 고정됐던 노랜데, 가사가 내 가치관과 많이 맞닿아 있다. 인생은 아무도 모르는 일이라고, 노래에선 말한다. 노래를 듣다 보면 불확실한 먼 미래를 고민하기보단 가까운 오늘을 열심히 사는 내가 괜스레 괜찮아 보인다.

'오늘의 내가 나지, 내일의 나는 아직 내가 아닌데!'

#3 패닉 - 왼손잡이

잠시 도파민에서 벗어나 볼게요. 급한 건 전화나 문자로 부탁해요!

(2024.01.07.)

일기라고 쓰고,
잡념이라 말한다15

#1

산책 중 만나는 낭랑한 아이들의 목소리. 발걸음이 멈춰진다. 그리고 이어지는 삼삼한 대화를 엿듣는다. 추위 덕에 불량식품 볼라볼라 껌처럼 짙어진 볼을 보면 영락없는 시골 애들인데, 어찌나 대화 주제가 다양하고 무던하던지.

가던 길을 마저 걸으며, 언젠가 강화도 게스트하우스에서 술 없이 밤새 삼삼하게 나눴던 대화를 떠올린다. 나이, 성별, 직업 모든 게 다른 사람이었지만, 완벽했던 공간의 온·습도를 등에 업고 밀도 있는 대화를 나눴던 기억이 난다.

적극성이 필요하지 않은 대화를 '편하게 나눌 수 있는 사람'이 되고 싶고, '편하게 나눌 수 있는 사람'을 마주하고 싶다.

#2

어젯밤 꿈에서, 외길을 걷는 A 씨. 막다른 길에 다다랐다. 심지어 동반자가 되어주던 에어팟의 배터리 잔량마저 얼마 남지 않았다. 언뜻 보기에 A 씨는 하나의 객체로서 존재하지만,

실상은 분리된 '육체'와 '정신'이 합을 이룬 상태에 불과하다. '육체'는 다시 돌아갈 수 있다. '육체'는 바닥에 앉아 잠시 쉬면, 원상태로 회복돼 왔던 길을 돌아갈 수 있다. 그리고 다른 길을 찾을 수 있다. 그러나 '정신'은 '육체'와 달리 그러기 쉽지 않다고 말한다. 오랫동안 맞는 길이라며 굳게 믿어왔던 신념이 무너져 내렸다고. 잠시 쉰다고 해서 다시 돌아갈 수 있는 게 아니라고. 지우고 다시 쌓는 건 너무 힘들 거라고.

식은땀을 흘리며 깨버렸다. 전기장판 너 이 자식

#3
웨이브의 〈박하경 여행기〉 꼭 보시라. 무료한 일상에서 반짝이는 무언가를 발견하는 게 얼마나 기쁜 일인지 알게 될 테니. 늘 그런 여행을 그린다.

(2024.01.08.)

스탠딩 코미디언을 꿈꾸며

1. 미드 〈디오피스(The Office)〉를 아시는가. 영어 공부를 한답시고 학창 시절 내내 달고 살았던 미국 드라마인데, 꼭 보시라. 당신도 나처럼 원하는 대학에서 멀어질 수 있으니..농 담이고, 무척 재밌게 봤던 미드 중 하나다. 특히 극 중 직장 상사로 나오는 스티브 카렐은 디 오피스 시리즈를 하드캐리했 다고 평가받는데, 유명한 배우이자 스탠딩 코미디언인 이 사 람은 내가 스탠딩 코미디에 관심을 가지게 되는 계기가 된다.

2. 내가 처음 스탠딩 코미디를 접했을 땐 한국의 코미디 시 장은 개콘과 웃찾사와 같은 연극형 코미디, 혹은 예능과 같은 버라이어티형 코미디들이 주류를 이루고 있었다. 최근엔 코미 디 시장이 많이 확장되었고, 그 결과 한국에서도 스탠딩 코미 디가 많이 성행하고 있더라고.

3. 스탠딩 코미디는 다른 코미디와는 달랐다. 반듯한 자세와 무표정에서 나오는 예상치 못한 드립이, 그리고 코미디언 이 미지와 상반되는 유식함, 그 속에서 등장하는 고급 단어까지.

4. 스탠딩 코미디의 특별함이 신선한 충격으로 다가온 이후, 공부 중 어려운 단어가 나오면 스탠딩 코미디를 연습한다 치고 주변 지인들에게 드립의 소재로서 한 번씩 사용하곤 한다. 그러면 기억에도 잘 남던데? 공부의 주된 목적과 동떨어진 방법으로 학습해 왔으니 지금 이 모양인 건가.

5. 아직도 스탠딩 코미디언으로서 무대에 서고 싶단 말도 안 되는 상상을 하곤 한다. 어느 서울 소극장. 50명 남짓한 관객들 앞에서. 시간은 1시간 정도면 좋겠고. 티켓가격은 3만 원 정도가 적당할 거 같아.

6. 생활 속 여유는 오히려 효율적인 생각보다 쓸데없는 없는 생각을 더 많이 가져온다. 대학 입시 공부 대신 미드를 보며 스탠딩 코미디란 허무맹랑한 꿈을 꿔댔던 학창 시절처럼. 그리고 허무맹랑한 꿈을 꿔댔던 그 시절을 되새기는 지금의 1월처럼.

7. 다행히도 창의적인 생각은 쓸데없는 생각에서 나온다고 하니까, 창의적 아이디어를 뽑아내기 위해 1월 내내 쓸데없는 생각을 멈추지 않을 예정이다. 소극장에서 스탠딩 코미디를 펼치고 있는 나를 떠올리며.
내 꿈인데 뭐, 누군가가 디스를 갖다 댈 영역은 아니잖아? 허허

(2024.01.09.)

3부
함께 쓰여진 문장

2021년 3월부터 3개월간 진행된 글쓰기 프로젝트의 결과물이다. 참가자들은 다섯 가지의 감정을 정해 각자 자유 장르로 서술하였다.

필자의 경우, 경험에 기초한 픽션형태로 작성하였고, 이 글 역시 다른 글과 마찬가지로 퀄리티가 현저히 낮다는 점을 미리 알린다.

자유,
방종과는 구별되는 책임감

- 역겨움

흔히 '역겨움'을 연상하면 직관적으로 구더기, 악취, 고름과 같은 것들이 떠오르지만, 어쩌면 이건 비교적 정직한 요소들이라고 말할 수 있다. 적어도 악(惡)·고(故)의는 없으니까.

잠시 아주 역겨운 이야기를 하고자 한다. 너무 역겨울 수 있으니, 비위가 약한 독자들은 페이지 스킵을 부탁한다.

우리는 아주 자랑스러운 자유대한민국에서 살아가는 중이다. 자랑스러운 '자유'대한민국 말이다. 이렇게 위대한 자유대한민국에서는 아이러니하게도 매년 끔찍한 연쇄 살인이 발생한다. 현장에서 발견된 살인 도구는 바로 손가락. '익명'이라는 이름을 달고 세상을 활보하며 '공인'들을 하나씩 죽여나간다. 자유대한민국 경찰은 '자유' 두 글자 미명하에 살인자 심판에는 늘 뒷짐을 지고 있다. 참 이상해, 누군가는 우리나라가 유엔 가입국 중 치안이 가장 좋은 나라라고 말하고 다니던데. 혹시 공인은 죽어야 마땅한 존재였던 것인가? 순간 착각할 뻔했다.

역겨운 이야기를 하는 찰나, 또 하나가 죽어간다. 역겨움을 해학적으로 풀고자 노력했지만, 그런데도 역겨운 건 매한가지.

하나씩 우리 곁을 떠나가는 '손가락과 무관한 관계의 공인'들을 기사를 통해 확인하면서, 나는 늘 떠나간 그들을 '그래도' 응원하였다. 물론 그 손가락을 증오함과 동시에 말이다. 하나의 자유로운 영혼이었던 그들의 선택을 존중한다. 그 선택이 더 큰 자유를 향한 정의로운 선택이었다고 굳게 믿는다. 아니 그렇게 믿고 싶다. 그래야만 이 '역겨운' 현실을 견디며 살 수 있을 것 같다. 인간은 인간을 스스로 위대한 동물로 여겨 전자화된 인간에게도 익명이라는 인격을 부여하였다. 익명의 가면 뒤에 가려진 순간 인간은 추잡한 괴물이 되었고 악마가 되었다. 결코, 책임지려는 자는 없고, 오직 상처받는 자만 남은 웹은 어떤 훌륭한 인양선이 오더라도 침몰만이 반복될 뿐이다. 없던 병도 생길 것 같다. 아니, 실제로 생긴 것 같아.

문득 삶을 하나의 도화지에 비유해 본다. 쉽게 그려지고, 쉽게 번져버리는 그런 흰 도화지 말이다. 그 도화지에 물감에 번져 오염돼 버리듯이 언젠가 나의 삶도 누군가에 의해 처참히 오염돼 버려지겠지. 오염된 도화지를 과감히 찢어버려야만 한다. 하지만 분명 또 다른 도화지가 나의 삶에 나타나겠지. 그 도화지마저 오염되어 버릴까, 걱정해야 하는 현실이 역겹다. 매우 역겹다.

손가락을 잘라야 이 짓이 끝날까. 손가락에 AZ 백신을 투여

하면 달라질까. 또 다른 도화지만큼은 오염되지 않으려 오늘
도 손가락을 만지고 있다. 혹시 나의 손가락질은 타인의 도화
지를 더럽히진 않았는지. 익명의 가면 뒤에 숨어 누군가를 죽
였던 적은 없는지.

역겨운 죄수 번호 5*5. 무기징역. 당장 그 의미 없는 손가락
질을 멈추고 기꺼이 본인의 행동에 책임을 져라.

(2021.04.02.)

아름다운 사랑 이야기

– 로맨스

안녕! 내 로맨스가 궁금하다고? 딱히 자랑하고 싶은 로맨스 경험이 없어서 시시할 텐데.. 무엇보다도 힘든 이별 과정을 겪어봐서 그런지 로맨스는 늘 어려운 행위처럼 느껴져. 쌍방이 하는 로맨스는 늘 서로의 감정선을 맞춰야 한다는 부분이 너무 어렵단 말이지. 때로 눈물을 흘리기도 하고 자학을 일삼기도 하며 심지어 그 감정이 증오로 바뀌는 것을 느끼면서도 꾹꾹 누르며 꾸준히 노력하고 있는데, 그게 잘 안 되더라. 차라리 나 혼자 하는 로맨스였다면 이리 어렵게 느끼지는 않았을 텐데. 아, 내가 무슨 소리를 하는 거지. 뭐 어쨌든, 나란 사람이 평소에 생각하는 '로맨스'는 딱 이정도가 다야. 굳이 더 하고 싶은 말은 없어. 나의 로맨스에 관해선 말이야.

이대로 글을 마무리 짓기에는 조금 아쉬우니까, 요즘 흥미롭게 바라보고 있는 '로맨스 이야기'를 살짝 언급해 볼까? 들어봤을진 모르겠지만, 개인적인 부분이라 이야기를 언급하기가 조금 망설여지네. 입이 근질근질하니까 그냥 짧게 언급만 할 게! 내가 워낙 입이 가벼워서 말이지. 질문이 있다면 뭐든지 질문해도 돼. 나는 그리 막혀있는 사람이 아니거든.

그 어떤 내용보다 가슴 시린,
그 어떤 내용보다 사무치는 슬픔을 담은
그런 로맨스 이야기야.

나는 다른 로맨스보다 이 이야기를 더 몰입해서 바라보고 있는데, 그 이유를 생각해보니 비극적인 로맨스를 만들어주는 4개의 요소를 모두 갖추고 있는 것이 아니겠어!

• 대상P의 안타까운 죽음
• 잊지 못한 사랑
• 대를 이은 사랑
• 한 번 더 이별

'로맨스의 요소만 언급해도 너무 흥미롭다고? 너무 듣고 싶다고?'
- 근데, 위에서 언급한 개인적이라는 이유만 있다면 사실 무시하고 말해줄 수 있지만, 상당한 위험을 감수해야 하는 문제도 있어서 다음에 사적인 자리에서 풀스토리로 말해줄게.

'왜 위험하냐고?'
- 우리 선배 몇몇은 함부로 이 이야기를 입에 올리고 한 줌

의 재가 되었으니까.

'세상에 그런 일이 어디 있느냐고?'

- 응. 있어, 있었고, 지금도 있어. 로맨스가 너무 강렬해서 안 보이는 것뿐이야. 정말 다양하고 잔인한 방식으로 한 줌의 재로 만들어 버리니 사람들이 애써 보지 않으려 하는 것뿐이야.

'로맨스의 주인공 정도만 알려주면 안 되느냐고?'

- 아, 이거 참 위험한데, 힌트 정도만 줄게. 대상P을 사랑하는 로맨스의 한쪽이 너의 부모님일 수도 있고, 심지어 대상P가 신(神)이라는 소문이 있어서 대상P를 직접 보지 못했던 너의 친구들도 로맨스의 대상일 수도 있어! 그 뭐지 이..ㄹ베였던가.. 아 그만 물어봐. 나도 한 줌의 재가 될 수 있다니까.'

'어찌 되었든 뜨거운 로맨스를 응원해 주면 안 되는 거야?'

- 그게 말이지, 최근에 말이야, 그 로맨스가 너무 뜨거운 나머지 주위의 다른 곳이 매우 차가워졌을 때가 있었어. 그 로맨스가 주위의 열기를 다 뺏어갔던 거지! 사람들은 동상에 걸려 죽을까 두려워 가지고 있던 촛불을 모아 잠시 따뜻하게 만들었었는데, 안타깝게도 최근 그 양초의 성능이 다해져 다시 주위가 차가워지고 있다는 이야기가 있네. 그 로맨스 때문에 얼어 죽을 사람들이 너무 많아서, 그래서 마냥 응원 해주기엔 무리가 있어. 아! 그리고 너만 알고 있어. 사실 나는, 악(선)의 가지고 그 로맨스를 파괴하려고 계획 중에 있어. 원래

그렇잖아. 남의 로맨스를 위태위태하게 만드는 게 제일 재밌다고.

'아무리 그래도 그렇지 너무 잔인한 생각 아니냐고? 그 로맨스 때문에 대체 무슨 피해를 입었다고 그런 잔인한 생각을 하느냐고?'

- 잔인? 너무 잔인하다고 욕하진 말아줘. 무슨 일이 있었는지는 말하지 않을게. 무슨 일 때문에 이 로맨스를 관심 있게 지켜보고 있는지도 말하지 않을래. 근데, 나는 그 로맨스를 파괴할 수만 있다면 진도 앞바다 물을 다 퍼낼 수 있을 정도야. 무슨 일이 있었는지는 말하지 않을 거지만, 나 진지하다고. 이 '로맨스' 파괴에 관해선 말이지.

그러니까, 동의가 안 된다면 그냥 지켜봐 줄래? 부디 방해 말고

(2021.04.14.)

너무 재미없어서

– 지루함

'사실을 저울에 달아 판매하는 매체'로 변모한 현재의 찌라시들을 멀리해버렸다. 이유는 '지루해서'.

이 세상 대부분 것들은 우연성에 의해 지배되고 있으며, 사람들은 그 우연성의 영역을 넘어 설 수 없다는 사실을 잘 알고 있다. 하지만 찌라시들은 그 우연성을 창조해내는 엄청나게 무시무시한 능력을 갖추고 있으며, 창조해낸 우연성으로 세상을 지배하는 중이다. '코끼리를 생각하지 마!'라고 외치며 말이지.

한때는 찌라시 속으로 들어가고 싶었다. 누구보다 빨리 사실을 알고, 그 사실을 전달하는 그들을 동경하던 때가 있었다. 침몰해버린 진실을 삥뜯기 위해 마지막 잎새에게 '비윤리적'으로 접근하는 그들을 보고 찌라시에 불과한 위선자들을 동경했던 나 자신이 부끄러워짐을 물론 더러움을 회피하기에 이르렀다.

오늘도 서울역 대합실의 TV에는 '부동산 가격 상승' 관련 뉴스가 흘러나오는 중이다. 시청자 왈, "큰일이야, 우리나라는 망했어. 분명 조만간 망할 거야!". 부동산 소유 여부, 구매 여력 그리고 구매 의사는 절대로 중요하지 않아. '대승적 차원', '국가적 차원'으로서 좋지 않은 현상이니까. 그렇다고 하니까. 오늘도 의성터미널 앞 버스정류장에선 '코로나' 뉴스 기사를 삼삼오오 확인하는 '어른'들이 모여있다. 어른 왈 "문재인이가 대통령 해 먹으려고 코로나 퍼트렸지!" "맞아, 멀쩡한 사람들 줄 세워놓고 같은 막대기로 쑤시고 있다던데" 잠시, 혹시 우리나라만 코로나가 유행이었나? 일단 사실 여부는 중요하지 않아. 대부분 뉴스가 잘못했다고 이야기하고 있잖아? 일단 정부 욕이나 해야지. 그게 맞겠지.

오늘도 SNS 메신저 친구들 단체 방에서는 LH 직원들의 부동산 투기문제를 다룬 뉴스를 주제로 시끄럽게 토론하는 중이다. "와 LH 투기 문제 떴네, 이제 문재인이도 끝이네. 이건 심했지. 윤리성에 매우 어긋나는 행동이잖아. 문재인 잘못했네. 심각하네". 아, 근데 잠시만, 투기문제는 오롯이 문재인 정부가 관여하여 발생한 일이었던가? 그건 중요하지 않아. '모든' 언론에서 그렇다고 이야기하고 있고, 단체 방에서 모두 손가락질하고 있잖아. 그게 중요한 거야.

자극적인 주제를 사용함으로써, 자극적인 화법을 사용함으로써, 놓치기 싫은 것이 있을까. 이기고 싶은 것이 있을까. 두려움을 상쇄시키고 싶은 것이 있을까. 누리고 싶은 것이 있을까.

뭐 어떤 이유든지 상관없다. 그냥 현재의 뉴스는 매우 '지루'하다.

잠깐, 부록으로 찌라시의 4대 조건을 알아보고 가자. 지극히 주관적인 부록 글이니 읽을 가치가 없으면 넘겨줘라. 아니 한 번 정돈 읽어달라.

〈지루한 찌라시가 만들어지기 위한 4대 조건〉
1. 포르노보다 더 '자극'적인 주제 선정
 - 그거 뭐 있잖아. 북한, 부동산, 연예인 사생활 같은 거
2. 본문과는 동떨어진 '자극'적인 뉴스 제목
 - 사실 여부를 떠나서 일단 클릭하게 만들어야 해. 자본주의 시장하에서는 그게 더 훌륭한 행위일걸? 아마 그럴 거야.
3. '자극'적인 기사를 위한 멍청한 숫자들
 - 아니 왜 잘 사용하지도 않는 집 전화로만 여론조사를 시행하는 것이며,
 - A성향 인사 5명에 B성향 인사 1명으로 구성된 6명을 일렬로 세워 여론조사를 하는 거냐고. 그러면서 여론조사 발표는 1대 1로 조사한 것처럼 공표할 거면서.
4. '자극'적인 기사에 무 비판적으로 반응하는 파블로프의 인간
 - 주식에서 헤어나오지 못하는 개들은 월요일의 파란색이 곧 그

들을 향한 채찍이 되어버리지. 미쳐 날뛰기 딱 좋은 상황.

- 과거의 향수에 빠져 사는 파블로프의 인간들에게는 '기존방식 파괴'라는 조작적 조건이 채찍이 되어 줄 것이며,

- 부동산에서 헤어나오지 못한 인간들에게는 신도시 집값 상승 소식이 그들을 향한 최고의 채찍질이 되어줄 것이지.

각 조건 속에 속해있는 각각의 '자극'으로 인해 찌라시를 더 지루하다고 느끼게 되었고, 이것이 나의 탈 뉴스화를 끌어냈지. 좋아. 탈 뉴스화뿐이겠어? 아무런 비판의식 없이 고여있는 공간도 그리고 친구들까지도 그리고 나 자신까지도 멀리하게 됐다고. 이게 바로 찌라시들이 원하는 방향이 아닐까 싶어. 훌륭했어. 완벽했어. 아주. 지루해. 고여있는 물은 어떠한 자극도 없어. 고로 진동 없이 고요해. 지루해. 고인 물을 새로운 물로 바꿔볼까. 그래도 고이겠지. 다시 반복되겠지. 다시 지루해지겠지. 지루함이 무관심으로 이어지면 더욱더 고여져 더욱 지루한 그것이 되겠지. 결국, 물길을 내어 외부와의 적극적인 링크로 물살을 만들어주자. 고임을 막아주자. 아주 적극적으로. 그들이 원하는 바를 이루지 못하게 말이야.

(2021.04.22.)

백수 S군의 일일

- 승리감

#1
책을 좋아하는 백수 S군, 밤새 읽은 책 한 구절을 되새긴다.
'역사의 진보를 인정하지 않는 자세를 취한다면 시대정신은
각각 그 시대에서 완결된 일회성의 것이 되고..'

#2
등산을 좋아하는 백수 S군은 오늘도 어김없이 인왕산 등반
후 광화문광장 앞에 있는 K서점으로 향하고 있다. 무료로 책
을 읽을 수 있는 곳으로 이보다 더 좋은 장소가 없기 때문이
다. 약간의 도시 분위기도 느낄 수 있고 말이지. 도서관은 학
창시절 너무 많은 시간을 보낸 탓에 졸업 후엔 쳐다도 보지
않는다.
언젠가부터 S군은 경복궁역으로부터 K서점으로 걸어가는 그
길을 인파에 가로막혀 돌아가고 있다. 평균연령 71세. 무엇인
가에 열광하고 있는 군중들이 이 길을 막고 서있다. 외치고
있는 표어는 대개 '빨갱이', '좌파독재' 등 자극적인 단어들뿐
이다. 오늘의 페스티벌 헤드라이너는 대체 누구길래 그들은

저렇게 열광하는 것일까. 저 정도로 열광하는 것이라면 최소 그래미 어워드에 지명된 아티스트이거나 혹은 나훈아거나. 아쉽게도 오늘의 헤드라이너는 출연(현)할 수 없을 거라 S군은 추측한다. 왠지 죽거나 어딘가에 갇혀있을 것 같다. 느낌이 그냥 그렇다. 어떤 근거가 있는 것은 아니다. 그냥 느낌이 그렇다. 그나저나 참가비 '5만 원' 값은 해야 하는데. S군은 이 정도 페스티벌 열기라면 참가비 '10만 원' 정도는 받아야 한다고 생각했다.

오히려 참가비를 받고 참가하는 페스티벌이란 사실을 S군은 전혀 알지 못했다.

#3

S군은 혼란스러운 주위를 한번 둘러본다. S군이 보기에 이곳 광화문에 모인 성난 군중들은 무언가로부터 '승리감'을 느끼기 원하는 것처럼 보인다. '승리감'을 갈망하는 자들처럼 무서운 자들이 없다고 하더니, 딱 이 사람들을 보고 하는 소리인 것 같아 조금 무섭기까지 하다. '최소한의 질서는 지키겠지?' 하지만 땅에 떨어진 막걸리병을 보고는 애초에 바라지도 않는 것이 낫겠다고 금세 판단한다. '맞아, 질서를 중시했던 사람들이라면 이 코로나 시국에 이곳에 나오지도 않았겠지. 누굴까? 대체 누구를 이기려고 이런 꿀 같은 주말을 포기하고 거리로 나와 막걸리병을 이리 땅에 버리시는 걸까.'

S군은 어제 읽었던 글귀를 되새겨본다. '일회성의 것들이 되려는 자들의 축제'

#4

정치학을 전공한 S군은 한때 뉴스 하나하나에 격하게 반응하며 살아갔다. 하지만 백수가 된 이후, 세상사에 환멸을 느껴 그런 '무의미한 행위'에 더는 집중하지 않기로 했다. 기성 정치인들의 승리가 S군의 현실적인 승리로 이끌어지지 않는다는 판단이 섰을 때가 아마 그쯤이었던 것 같다. 단순히 정치학 전공자로서의 도의적인 책임 때문에 선거날 마음이 가는 대상에 한 표 정도만 행사하자고 다짐했다. 누구를 이기고 올라서는 것이 뭐가 중요해. 내 앞길이 더 중요하지. 한 표가 모여 내 앞길에 도움을 줄 '정책'이 만들어짐을 누구보다 잘 알고 있는데, 그래도 애써 무시한 채 살아가고 있는 현재이다. 그래서 S군은 아직도 끓어오르는 저들이 신기할 따름이다.

하지만 S군의 마음 한편에는 아직 무언가에 대한 갈증이 남아 있었다.

#5

다시 시야에는 꽝화문의 성난 군중들이 들어온다. S군은 그들을 뻔히 바라보다가 무리로부터 삿대질을 당한다. 〈"니들이 뭘 안다고 지랄이야!"〉 '니들', S군은 이전에 그들과 위아래를 계약한 적이 없다. '뭘 안다고', S군은 이전에 오늘 처음 본 그들에게 결코 무엇을 안다고 한 적이 없다.

S군은 저 한 문장을 통해 어느 정도 확신하게 되었다. 승리하고 싶은 상대방은 어느 누구도 아닌, 바로 본인 세대를 무시한다고 생각하는 '젊은이'라는 확신이. 밟고 일어나고자 하는 대상이 '젊은이'라는 확신이.

S군은 그 사실을 알고 당황스러움을 감추지 못한다. 그리고 이 현상에 관해 곰곰이 판단을 내려본다.

'아마 본인이 지지하는 정당이 처참히 무너지고 있다는 사실이 이들에겐 무시의 근거가 되었을 것이지. 그 정당이 어찌 생겨났고, 어떤 목적으로 그들에게 접근하고 있다는 사실을 알려고도 하지 않고, 뉴스에 나오는 사실을 비판적으로 수용하지도 않은 채'

#6

S군은 당황스러움을 조금이나마 해결하고자 손에 쥐고 있던 아이폰8 메모장에 본인 생각을 적어 내려가기 시작한다.

〈시대 역행〉

'도태'라는 단어는 원체 잔인하다. 나이들었다는 이유만으로 도태시키는 것을 원치 않는다. 하지만 젊다는 이유만으로 오해받는다면, 이해하려 하지 않는다면 그리고 소통하려 하지 않는다면 나도 굳이 '시대 역행'을 역행하는 행동을 하진 않겠다. 인간은 본채 수동적이라는 핑계를 대면서까지도 이해하고 싶지 않다. 차라리 시대정신을 이해하고 있는 나이 든 사람들과 삶의 질서를 맞춰가는 행동에 그 시간을 쏟겠다.

#7

S군은 군이 돌아가지 않고 자신 또한 무릎 연골이 좋지 않다는 핑계를 자신에게 주입하며 군중들 사이를 뚫고 걸어간다. 그 속에서 군중들의 여러 표어를 읽다가 본인도 모르게 썩은 표정을 지어버린 백수 S군. 그때 성난 군중에게 태극기로 머리를 가격당한다. 그런데도 S군은 그 상황을 무시한 채 그냥 걸어간다.

'져도 된다'.

그들이 더 큰 '승리감'을 느낄 수 있도록 패배한 척하자고 결심한다. 어차피 그 시대에서 완결된 일회성의 것이니까. S군은 이러한 이유로 진보를 인정하지 아니하고 끊임없이 환류를 거부하는 자들에게 군이 승리감을 빼앗고 싶지 않다고 생각한다. 그리고 S군은 속으로 외쳐본다.

'비겁한 승리감, 맘껏 즐기시라'

(2021.05.12.)

벗어남에서 오는 즐거움

- 즐거움

규율에 찌든 사회에게서 벗어났다. 위아래가 철저한 '세로'인 세상에서 벗어나 '새로'운 세상을 만났다. 즐거워졌다.

속박된 사회에게서 벗어나기 위한 발버둥은 꽤 예전부터 쳐왔던 것 같다. 예를 들면 고등학교 시절 우열반에 반항하여 뛰쳐나왔던 행동이든지 인서울 위주의 사회에 반항하여 지방대에 진학한 행동, 그리고 대기업 1중대 역할을 하기 시작한 대학이 싫어 정치외교 전공을 선택한 행동까지. 하지만 이 모든 행동은 현실 망각 정도에 불과했고, 결과적으로는 속박된 사회를 벗어날 수 없었다. 내가 그러더라도 세상은 아직 그런 나를 편하게 놓아주지 않았기 때문이다.
어찌 되었든 나는 이런 사람이다. 답답한 것에 저항하고, 저항에 실패하면 도망가는 그런 사람 말이다.

나 또한 저항에서 시도조차 못 해본 것들이 있다. '타인의 시선'이 바로 그것이다. 미움받기 싫은 감정에서 시작된 '타인의 시선에 신경 쓰기' 행동은 내 생각이 닿는 그 시절부터 늘 나를 괴롭혀왔다. 가까운 부모님께는 물론이고, 일명 '불알친구'에까지 미움받기가 두려워 나를 숨기고 감추기 급급했다. 내 인생의 전부라고 여겨온 사람들로부터 도망갈 생각조차 할 수 없었다. 민족해방, 사회 민주화 등 거창한 단어에 심취했지만, 정작 나를 나로부터 탈출시키지 못했었다. 모순이었다.

'청춘구 행복동'
이름은 들어봤을까. 이런 이름을 가진 동네가 있나 싶을 정도로 우스꽝스럽고 유토피아스러운 이름을 가진 이곳이 나를 멍청한 모순으로부터 꺼내줬다.

행복동을 잠시 설명하자면, 행복동의 하늘은 어떤 곳보다 파랗고 땅은 초록초록하며 노을은 매우 노랗다. 생기가 도는 사람들의 볼은 항상 불그스름하며, 빛이 없는 이곳의 밤은 그 어떠한 것보다 까맣다. 목욕물은 얼음같이 매우 차갑지만, 눈물이 많은 우리 동민들의 마음은 따뜻하다 못해 뜨겁다. 그런 곳이다.

'남 눈치' 때문에 편의점을 갈 때마저도 치장을 했던 꼴사나운 습관은 행복동의 아주 먼 편의점 덕분에 없는 습관이 되었고, '남 눈치' 때문에 손에서 놓지 못했던 휴대전화 중독 증세는 행복동의 터지지 않는 데이터 덕분에 사라져 버렸다. 얼마나 아름다운 곳인가!

'남 시선으로부터 멀어지기'라는 목적을 가지고 청춘의 한 챕

터정도를 채우기 위해서 찾아와 머문 곳이지만, 한 챕터를 넘어서 어느덧 한 파트의 절반 분량을 채워가고 있다. 남은 파트의 절반을 채우기 전까지는 행복동에서 떠날 생각이 없다. 사실 시도조차 할 염두도 안 섰던 '남 시선으로부터 멀어지기' 의제는 어느 정도 해결되었다. 따라서 또 다른 의제를 설정하고 남은 반을 채워가는 것도 좋은 판단 같다. 어떤 의제도 새로 만들어 낼 자신이 있으니 차라리 이 한 파트가 영원히 끝나지 않았으면 하는 욕심도 가슴 한쪽에 머물고 있다.

(2021.06.19.)

어이없는 놈의 어이있는 잡념

©서정길

발행일 2024년 1월 24일

지은이 서정길
표지디자인 김백조
본문디자인 서정길

발행처 인디펍
발행인 민승원
출판등록 2019년 01월 28일 제2019-8호
전자우편 cs@indiepub.kr
대표전화 070-8848-8004
팩스 0303-3444-7982

정가 10,000원
ISBN 979-11-6756493-1 (03810)